ドラゴンクライシス!

Dragon Crisis

真紅の少女

CONTENTS

ドラゴンクライシス！ Dragon Crisis

登場人物紹介

竜司 遺物使い《ブレイカー》の素質を持つ高校生。
RYUJI

ローズ 強奪した箱の中から出てきた少女。
ROSE

英理子 竜司のハトコ。レベル7の遺物使い《ブレイカー》で、行動力に富む。
ERIKO

オニキス 黒い少年。強大な力を持つ。
ONYX
実咲 竜司の同級生。不運体質。
MISAKI
甲斐 ファングの女性幹部。
戦闘では陣頭指揮を執る。
KAI
戸倉 世界遺物保護協会《ソサエティ》のドラゴン研究者。
TOKURA

イラスト／亜方逸樹

ドラゴンクライシス!
真紅の少女

プロローグ
PROLOGUE

僕、死んじゃうのかな。

如月竜司《きさらぎりゅうじ》は大きな岩の上にぺたりと腰掛《こしか》けた。すぐ横はほとんど直角の断崖絶壁《だんがいぜっぺき》だ。足を滑《すべ》らせたらどこまでも落ちていくだろう。

見渡す限り灰色の岩しか見えない荒涼《こうりょう》とした光景の中、竜司はもう一時間もひとりでさまよっていた。喉《のど》はからからに渇き、標高が高いせいか頭も朦朧《もうろう》としてきている。空気は冷えているが、夏なので底冷えしないのがまだ救いだろう。だが、まだ五歳の少年には過酷《かこく》すぎる状況だった。

「お父さん、お母さん……」

竜司はかすれた声で両親を呼んだ。その顔には涙のあとがこびりついている。

疲れのせいか、もう涙さえ出てこなかった。

竜司の両親は『宝探し』という仕事をしていて、いつも外国を飛び回っている。いつもは日本で留守番をしていた竜司だったが、なぜか今回はこのアルバニアに連れてきてもらえた。だが喜んだのもつかの間、一緒に向かったのはこの険しい山。

何かを熱心に探す両親からはぐれてしまい、竜司はすっかり迷子《まいご》になってしまった。

山で迷ったときにはその場を動かずに助けを待つ、という鉄則など幼い竜司が知るわけがなかった。

足が痺《しび》れ、棒のように突っ張って、ようやく竜司は足を止めたのだ。

力なく岩に座っていた竜司の耳に、ゴロゴロという低い音が届いた。顔を上げた竜司は、クリーム色の大きい石がこちらに向かって転がってくるのを見た。

いや、石とはちょっと違う。つるりとした表面に楕円《だえん》のような形。あまりに大きすぎだが、それは卵のように見えた。

このままだと、その卵のようなものは崖《がけ》を落ちていくだろう。

「わ、わわ！」

竜司は反射的に立ち上がり、自分と同じくらいの大きさの、卵のようなものを止めた。

勢いがついていたせいか想像以上に重い。竜司の足がずずっと下がった。すぐ後ろは崖だ。

「くっ！」

必死に踏ん張り、竜司は平らな場所までその卵のようなものを押し戻した。

「ふう……」

竜司は日の光を浴びて真珠色《しんじゆいろ》に輝《かがや》いているそれを、改めて見つめた。

表面は固く、転がってきたというのにヒビ一つ入っていない。すべすべして、岩とは明らかに違う感触だ。

触れると、ほんのり温かいのも卵っぽい。でも異様に大きい。

「な、何なんだろう、これ……」

ぴし。

鋭い音に、竜司はびくっとした。卵の真《ま》ん中《なか》あたりにヒビが入っている。

「え？　ええ？」

ぴしぴしぴし――ヒビ割れは一気に広がっていく。

竜司は息を呑《の》んだ。まるで卵の孵化《ふか》のようだ。

ずるり。

ヒビ割れの間から手が出てきた。

白い、ほっそりした――それは明らかに人間の手だった。

「わ、わあああああ!!」

予想だにしていなかったものの出現に、竜司は悲鳴《ひめい》を上げた。

な、何これ！

ぱかっと殻《から》の上半分が取れた。

殻の中に座りこんでいるのは、ブロンドで全裸《ぜんら》の少女だった。十三、四歳だろうか。まるで外国の絵本から飛び出してきたような美しい少女だった。

濡《ぬ》れそぼった体はほっそりしていたが、胸はなだらかな丘陵《きゆうりよう》のようにふくらんでいる。

少女は大きく息をすいこむと、ゆっくり目を開けた。金色の髪がぺたりと張りついた白い顔が、竜司のほうを向いた。空よりも鮮《あざ》やかな青色の目が竜司を射た。

桜色の小さな唇《くちびる》がゆっくり開く。

た、卵の中から女の子が――。

竜司が呆然《ぼうぜん》としていると、少女が苦しそうに咳《せ》き込んだ。

「だ、大丈夫？」

声をかけた瞬間、めまいに襲《おそ》われて竜司は膝《ひざ》をついた。目の前が暗い――息が苦しい。

殻の中から少女が出てきた。

少女がゆっくりと近づいてくるのを、朦朧とした意識のなか、竜司はかすかに感じていた。

そっと濡れた手が、竜司の頬《ほお》をはさんだ。

あ――。

やわらかいものが唇に押し当てられた。

キスの感触を最後に、すべてが暗闇《くらやみ》に閉ざされ、竜司は気を失った。

1章　さらわれた少女

　いきなり、がらっと教室の戸が開いた。扉を開けたのは、サングラスをかけた若い女だ。

　思いがけない闖入者《ちんにゅうしゃ》に、夏期講習中の教室はしんと静まり返った。

　カツカツとヒールを鳴らし、緩《ゆる》やかにウェーブを描《えが》く茶色のロングヘアを揺《ゆ》らしながら、女はモデルのように颯爽《さっそう》と教室に入ってきた。

　唖然《あぜん》としている竜司の周りでは、ごくりと唾《つば》を飲み込む音が聞こえた。高校一年生の男子としては、普通の反応だろう。

　夏とはいえ、彼女の服は挑発的すぎた。胸の谷間がはっきり見える深いVラインのキャミソール、白い太ももがほとんど露《あら》わになっているマイクロミニという組み合わせなのだ。

　メリハリのついたボディラインやすらりとした長い足という、大人の女の魅力《みりょく》を惜しげもなく披露《ひろう》している。

女性が優雅《ゆうが》な動作でサングラスを取った。くっきりした二重の目が露わになる。

「あ……」

竜司は声を上げた。大人びてはいたが、遠い親戚《しんせき》——ハトコ——の七尾英理子《ななおえりこ》に間違いなかった。

な、なんで英理子がここに⁉

「はう……」

後ろの席から、独特の茫洋《ぼうよう》とした声が聞こえた。

振り向くと、江藤実咲《えとうみさき》がただでさえ大きく丸い目を、こぼれんばかりに見開いて英理子を見ていた。

「英理子さん、だよね?」

竜司は頷《うなず》いた。実咲が言うのであれば間違いないだろう。

実咲は英理子の近所に住んでおり、英理子がアメリカに留学する三年前までは、近所付き合いがあったのだ。

サングラスを片手でぐるぐる回し、教室を見回していた英理子が笑顔になった。

「竜司くん! 久しぶりね」

「あ、はい……お元気そうで」

竜司はぼそぼそと挨拶《あいさつ》した。正直、戸惑《とまど》っていた。三年前は英理子はまだ高校一年生、竜司は中学一年生だった。あの頃は親同士が仲が良かったせいもあり、気楽に遊んだりしていたが、今、ここに立っている英理子はあまりに大人びていて別世界の人間のように思えた。胸など、二倍くらい大きくなった気がする。

英理子が赤いバラの花びらのような口をつり上げた。見覚えのある笑み。何かたくらんでいるとき、英理子はいつもこの笑顔になる。

英理子は呆気《あっけ》にとられている担任に向き直ると、軽く頭を下げた。

「私、如月竜司の親戚で七尾英理子と申します。すいません、ちょっと家で急な用事がありまして、竜司くんを早退させたいのですが」

「ええ⁉」

竜司は思わず声を上げた。

突然何を言い出すのだ⁉

だが、英理子は竜司に目も向けず、担任の男性教師にとびきりの笑顔を向けている。

「あ、はあ……わかりました」

可哀相《かわいそう》に、三十年も木訥《ぼくとつ》に教師生活を営んできた担任教師は明らかに圧倒されていた。英理子のはちきれんばかりのパワーを前におろおろと頷くしかできない。

元《もと》より、正規《せいき》の授業ではなく、あくまで夏期講習。家の事情では敢《あ》えて止める必要はないということもあるのだろう。

「竜司くん、行くわよ！」

英理子が高らかに声を上げた。それは勝利宣言のように聞こえた。何の説明もなく、いきなり学校に押しかけ、ついて来いという。めちゃくちゃだったが、それが英理子だ。

ため息をつくのが精一杯の抵抗《ていこう》だった。竜司はさっさと荷物をまとめた。昔から英理子に逆らえたことは一度もないのだ。今度はどんなトラブルを持ってきたのやら。

だが、相変わらず元気いっぱいの英理子を見て、どこかホッとしたのも確かだ。三年前の悲《ひ》惨《さん》な事件のことを、竜司は苦い思いで頭に浮かべた。

「あ、あの……竜司くん」

立ち上がった竜司は、実咲の声に振り返った。

実咲が心配そうにこちらを見上げている。そう言えば、実咲は昔から変わらない。中学の頃からずっと、日本人形のような黒いまっすぐな髪を肩のあたりで切りそろえている。

「気をつけてね」

実咲の言葉に竜司も頷いた。十年以上も近所に住んでいたのだ。実咲も英理子の武勇伝の一つや二つ、知っているのだろう。

妬《ねた》ましそうなクラスメイトたちの視線を無視し、竜司は教室を出た。知らないということは幸せなことだ。一度でも英理子と一緒に行動すれば、今抱《いだ》いている甘い妄想《もうそう》が泡《あわ》と消えるだろう。

「背が伸びたね」

廊下《ろうか》を並んで歩くと、英理子が顔を覗《のぞ》き込んでいた。ヒールを履《は》いた英理子と目線が同じくらいだ——ていうか、土足だ、このひと。

「英理子さん、スリッパに履き替えなかったんですか？」

「あら、やだ。海外生活が長かったから〜」

失敗、失敗、と甘えた声を出す英理子を竜司は冷たい目で見つめた。

絶対嘘《うそ》だ。スリッパに履き替えるのが面倒くさかっただけだ。

「日本にはいつ帰ってきたんですか？」

「もちろん今日よ」

「今日⁉」

空港について、その足でわざわざ竜司の高校まで来たらしい。

「……僕に何の用ですか？」

「ちょっと手伝って欲しいことがあってね」

ニヤリ、と英理子が得意の笑みを浮かべる。邪悪《じゃあく》なものほど、なぜこんなに魅惑的《みわくてき》に見えるのだろう。謎《なぞ》だ。

「英理子さんと違って、僕は普通の高校生なんです。大人しく平和に慎《つつ》ましく生きていきたいんです」

英理子がうんうんと頷く。

「もちろん、わかってるわよ。でも私、すっごく困ってて……」

英理子が目を伏せた。長い睫毛《まつげ》が哀《かな》しげに揺れる。

「身内は全員海外だし、日本で頼れるのは竜司くんだけなの」

英理子が潤《うる》んだ目を向けてきた。

「お願い、力を貸して」

トドメとばかりに英理子が豊かな胸の前で手を組んだ。

「まあ……僕にできることなら」

そう言うしかないではないか。だが、この台詞《せりふ》を言った時点で負けたも同然なのだ。その証《しょう》
拠《こ》に、英理子はしてやったりという勝利の笑《え》みを浮かべていた。あのしおらしい態度は演技らしい。半《なか》ばわかっていたが。

「難しいことじゃないの。ちょっと荷物を取りに行くだけ。男手が欲しくって」

「わかりました……」

ただの荷物運び——なのだろうか。いや、そんなわけはない。それしきのことで、わざわざ夏期講習中のハトコのところに来るだろうか。

「もしかして……アメリカから帰ってきたのってその荷物のためですか?」

「まさか！　バカンスよ、バカンス」

英理子がにっこり微笑《ほほえ》んだ。まるでその質問を予想していたかのような余裕《よゆう》を感じた。何を訊《き》いても、のらりくらりとかわされそうだ。やはり、英理子のほうが一枚上手だ。

校門前には真っ赤なワゴンタイプの乗用車が置かれていた。ドイツの有名メーカーの車で、八百万はくだらないだろう。

七尾家は資産家で、英理子はその一人娘なのだ。

「さ、乗って」

言われるがまま、竜司は助手席に乗り込んだ。

皮張りのソファは適度に沈《しず》み込む高級品だ。座り心地は抜群。

竜司がドアを閉めると同時に、英理子は車を急発進させた。まるで、逃げられるのを恐れるかのように——。

＊

車窓から流れる町並みを見つめていると、竜司は視線を感じた。

「竜司くんの肌ってスベスベよね～。むきたてのゆで卵みたい」

運転席の英理子が、しげしげこちらを見て言った。

「……卵って言わないでくれますか」

五歳のときの恐怖体験が蘇《よみがえ》り、竜司は眉《まゆ》をしかめた。竜司はアルバニアでの出来事以来、卵が食べられなくなっていた。

当たり前だ。卵の中に人間が。うぷっ。

高山病による幻覚とはいえ、あまりにリアルすぎた。

今もおぼろげに覚えている。あの少女の滑《なめ》らかな白い肌。羊水《ようすい》か何かで濡《ぬ》れた金色の長い髪がべっとりと張りついていて、この世のものとは思えないほど神々《こうごう》しく、美しかった。そして濡れた唇《くちびる》の感触――。

ついっと頬《ほお》をやわらかいものが滑っていく。

「わわっ!」

「ほーら、やっぱりスベスベ!」

いつの間にやら英理子が運転席から身を乗り出し、興味深げに竜司の頬を撫《な》でていた。ほのかに甘い香水の香りが漂《ただよ》う。

「や、やめてください!」

竜司は助手席から飛び上がり、窓に張りついた。女性に接近されるのは苦手だ。ハトコとはいえ、英理子のような色っぽい女性なら尚更《なおさら》だ。動悸《どうき》が激しくなるし、体が熱くなって息苦しくなる。

「何よう。誉《ほ》めたのに！」

英理子はハンドルから両手を離し、開けっ放しの窓に肘《ひじ》をついた。そのまま、つんと横を向く。長い髪が風にたなびき、映画のワンシーンのように決まっている。だが、時速百二十キロで高速道路を走行中のドライバーがすることではない。

「ちょっと！　英理子さん！　ハンドル！　ハンドル！」

竜司は慌《あわ》てて横からハンドルを掴《つか》んだ。

この女、ハンドルから手を離したくせに、アクセルはまったくゆるめていない。

「わ、わわ！　カーノ！　カーブがあああ！」

前方に、こちらを嘲笑《あざわら》うかのような急勾配《きゅうこうばい》のヘアピンカーブが見えた。

「すいませんでした！　僕が悪かったです！」

理不尽《りふじん》とは思いつつも竜司は叫《さけ》んだ。まだ十五歳なのだ。命は惜しい。

ほっそりした手がハンドルを握《にぎ》った。疾走《しっそう》する車はラインにぴたりと沿《そ》ってカーブを曲がる。英理子は一瞬たりとも涼《すず》しい表情を崩《くず》さない。

ほうっと竜司は息を吐《つ》いた。英理子は全然変わっていない。子どもの頃から振り回されっぱなしだ。

「だいたい、英理子さん荷物って何ですか！　さっきからはぐらかしてるけど」

「いいじゃーん、夏期講習なんてかったるいでしょ？　サボれてラッキーじゃない！」

パッシングして、前の車をどかせながら英理子が笑った。更《さら》なる加速に、いやおうなしに体がシートに押しつけられる。

「……僕、真面目な高校生なんですよ」

「私も一応、まっとうな女子大生よ」

まっとうな女子大生は、いきなり夏期講習中の高校生を呼び出した挙《あ》げ句《く》、問答《もんどう》無用《むよう》で車に乗せて、高速道路を百キロ以上で走らないものなのでは、という至極《しごく》まっとうな竜司の主張は綺麗《きれい》さっぱり無視された。

「ま、そろそろ港に着くし、説明しといたほうがいいわね。今夜ね、港で大きい取引があるって情報が入ってきたの！〝ファング〟よ！」

興奮気味に語る英理子とは逆に、竜司は一気に体温が下がるのを感じた。

「〝ファング〟？　ファングってまさか……」

一応、竜司の両親は遺物《ロスト・プレシャス》専門のトレジャー・ハンターだ。竜司もその組織の名と存在は知っていた。

ファング——世界で最も有名で最も凶悪な、遺物《ロスト・プレシャス》専門の闇《やみ》ブローカー組織だ。世界遺《ソ》物《エ》保《テ》護《ィ》協会やインターポールが必死に追っているにもかかわらず、まだその組織の末端《まったん》しか摑めていない。

「冗談ですよね？」

「何言ってるの！　私だって暇《ひま》じゃないのよ！　確かな筋からの情報よ！」

英理子の自信満々の口ぶりに、竜司は頭を抱えたくなった。

嫌《いや》な予感は的中した。英理子は代々、遺　物《ロスト・プレシャス》のコレクションで有名な七尾一族の末裔《まつえい》で、彼女も子どもの頃から遺　物《ロスト・プレシャス》に夢中だった。

「まさか僕に運ばせたい荷物って……」

「もちろん、取引されるっていう遺　物《ロスト・プレシャス》よ！」

英理子が高らかに宣言した。竜司は頭を抱えたくなった。

「僕はあんな事故を起こしたんですよ……」

三年前、遺　物《ロスト・プレシャス》に関する大事故を引き起こし、竜司は骨董品《こっとうひん》店を全壊させた。一緒にいた、というか竜司をその店に連れていった英理子は巻き込まれ、腕を骨折する重傷を負ったのだ。

あのときの苦い思い出が蘇《よみがえ》り、竜司は唇をかんだ。

「だーいじょうぶ！　あのときは運が悪かったのよ。まさか、あんなしょぼい店に、あれほど強力な呪　念　物《カーズド・プレシャス》があるなんてね」

遺　物《ロスト・プレシャス》――それ自体に特殊《とくしゅ》な力を宿す、いわくつきの品――を、Lost Precious《ロスト・プレシャス》と言う。才能のある者が使えば、様々な奇跡を起こせる品々は、その存在を知る一部のコレクターやトレジャー・ハンターたちを夢中にさせてきた。

一個人に所有させるには物騒《ぶっそう》な品も多いことから、協定を結んで調整をはかろうと、世界遺《ソサ》物保護協会《エティ》なるものまで存在している。

そして、それに対抗《たいこう》するような、ファングのような組織もある。

「でも、今度は大丈夫よ！　もし竜司くんが『暴走』しかけても、私が止めてあげるわ」

英理子がニヤリと不敵な笑みを浮かべた。どうやら、アメリカかどこかで強力な遺物《ロスト・プレシャス》を手に入れてきたようだ。

大怪我《おおけが》をしたっていうのに、この人はまったく懲《こ》りてないんだなあ……。

諦《あきら》めとも感心ともつかぬ思いが竜司の胸にわきあがった。だが、どこかで変わらない英理子に安堵《あんど》している自分もいた。

事故の直後に英理子は渡米した。怪我のショックが癒《い》えたのかどうか、ずっと気になっていたのだ。

そんな竜司の懸念《けねん》を久しぶりに会った英理子は鮮やかに一蹴《いっしゅう》してくれた。

英理子は事故のことなど、まったく気にせずあっけらかんとし、更に深く遺物《ロスト・プレシャス》に関わろうとしている。

その強さは眩《まぶ》しく、好ましい——だが、たった一人で世界的な闇ブローカーと戦うのを黙《だま》って見ているわけにはいかない。

「情報は確実なんでしょう？　だったら、警察に知らせましょう！」

竜司の提言にも、英理子は頑《かたく》なに首を横に振った。

「警察なんて役にたたゃしないわよ。彼ら一般人にとったら、別世界の出来事なんだから」

「じゃあ、世界遺物保護協会《ソサエティ》日本支部に連絡を……」

「奴らに手柄《てがら》を取られてたまるもんですか！」

英理子の目がつりあがった。その奥に燃える決意は、竜司の説得くらいでは揺るぎそうにない。

「あいつら、私の団体申請《しんせい》を無視したのよ！」

「団体申請？」

「ほら、遺　物《ロスト・プレシャス》保護団体として登録すれば、団体会員専用ページも閲覧《えつらん》できるし、オークションや会議にも優先的に出席できるし、便利でしょ？　だから私、『セブン・テイルズ』って団体を作って申請したのよ！」

セブン・テイルズ——七つの尾か。英理子は本当に不必要なまでの行動力と資金力を持っている。

「で、却下されたと」

憤懣《ふんまん》やるかたないというように、英理子が頷いた。

「そうよ！　団員が少ないから、とか言ってたけど、要は実績がないってことなのよ！　こっちがSクラス級の遺　物《ロスト・プレシャス》を見つけてきたら、絶対あいつら態度が変わるに違いないわ！」

「Sクラスですか……」

遺物《ロスト・プレシャス》はその秘《ひ》めたる力の大きさによって、大まかにクラスに分けられている。A～Eが通常のクラスだが、一応その上にSクラスというのが設定されている。だが、それはいわゆる失われた柩《ひつぎ》並みの伝説クラスの遺物《ロスト・プレシャス》に該当《がいとう》するため、まず使われることはない。

また、大きく出たものだ。

「ところで、他にも団員がいるんですか？　その人も今日は来るんですか？」

「来てるわよ、もう」

「へ？」

しゅびっと英理子がまっすぐ指をつきつけてきた。

「セブン・テイルズ団長、七尾英理子。そして第一助手、如月竜司」

「はあああああ!?　あの、僕、〝普通の〟高校一年生なんですけど」

竜司は〝普通〟というところをちょっと強調して言ってみた。

英理子がフンと鼻でせせら笑った。

「私だって、ちょっと美人でスタイルのいい、〝ただ〟の大学一年生よ」

運転中にもかかわらず、英理子が自慢げにミニスカートから伸びる長い足を軽くあげてみせた。

竜司はげんなりとドアに手をかけた。

「じゃあ、英理子さん一人で行ってください。僕は降ります」

「あまーい！　ロックしてあるわよ！　助手席側からは開かないわ！」

勝ち誇ったように英理子が竜司を見た。びしっと人差し指を立てて、顔の前でメトロノームのように振る。

「いい!?　ファングの取引よ？　しかも日本で！　絶対逃せないわ……もしかしたら、ウチの遺　物《ロスト・プレシャス》かもしれない」

英理子の顔が引き締まり、突然大人びた表情が浮かんだ。その双眸《そうぼう》が冴《さ》えた月のような鋭い光を帯びる。

こういう目をした人間を、竜司は少なくとも二人知っていた。どんなものより——たとえば、たった一人の幼い息子より——大事な存在を持っている人間の目だ。

両親のことを思い出した瞬間、心臓を突き刺されたような痛みを覚えた。最近よく起こる胸《きょ》部痛《うぶつう》の発作《ほっさ》だ。竜司はキツく胸の辺りのシャツを握り、歯を食いしばった。

心臓が止まるかと思うほどの強烈《きょうれつ》な痛みだが、短時間なのが救いだ。こうしてしばらく耐《た》えれば収まる。

竜司は英理子の横顔を見つめた。

ファングにより奪われてしまった、七尾家に伝わる遺　物《ロスト・プレシャス》。それを取り戻すことこそ、英理子の、七尾一族の悲願なのだ。そのためには、彼女はどんな犠牲《ぎせい》も厭《いと》わないだろう。

竜司は窓の外に視線を向けた。流れていく景色を見ながら、ため息をひとつ吐《つ》く。

どうして僕の周りには、こういう奇特で危険な人間ばかり集まるんだろう。

「かかわりたくない」

「え？」

英理子が怪訝《けげん》そうにこちらを見た。竜司は首を振った。

「何でもないです」

「そう？　あと十分くらいで着くから」

竜司は無言で頷いた。

そして、もう一度心のなかで呟《つぶや》いた。

かかわりたくないのに。遺物《ロスト・プレシャス》なんてものに。

＊

高速を降りた英理子は、倉庫の横に車を停めた。もう辺りは暗く、人気はまったくない。

「ここからは歩くわよ」

「わかりました……」

ふうっと竜司はため息を吐いた。海の近くなので、夏とはいえ冷たい風が吹いている。湿《しめ》り気を帯びた風が体にまとわりつき、それが竜司の気持ちをさらに重たくさせた。

「でも、英理子さん、勝算はあるんですか？　相手はファングなんですよ？」

脳裏《のうり》にマシンガンを抱えた男たちに囲まれ、撃ち殺される自分が浮かぶ。遺物《ロスト・プレシャス》のためなら、マフィアや軍隊をも相手取る危険な武装集団という噂《うわさ》だ。

英理子が豊かな胸の前で腕を組み、にやりと笑った。

「フッフッフ！　私を誰だと思ってるの！　七尾英理子よ！」

「……知ってますよ」

「じゃあーん！」

冷たい竜司のツッコミを無視し、英理子が小汚い杖《つえ》のようなものを取り出してきた。先が握りやすいように鉤状《かぎじょう》に曲がっている木製のステッキだ。

「なんですか、それ……」

竜司の脳裏に浮かんだのは、シルクハットに黒いスーツ姿のチャップリン。ここで踊るつもりなんだろうか。

芳《かんば》しい反応が返ってこなかったことに苛立《いらだ》ったのか、英理子がステッキで乱暴に地面を叩《たた》いた。

「何よ、その冷たい目！　これはようやく手に入れた遺物《ロスト・プレシャス》よ！　ランクはBで少し落ちるけど、遺物《ロスト・プレシャス》には違いないわ！」

足が自然に後ろに下がる。嫌《いや》な汗が噴《ふ》き出てきた。

遺　物《ロスト・プレシャス》を見ると、気分が悪くなる。あのときのことを思い出して――。

「大丈夫！　この子は人見知りなの。ほかの人間に色目使わないって！」

英理子の言うように、そのステッキは竜司に何らかの意思表示をすることはなかった。

遺　物《ロスト・プレシャス》というのは、その品に何らかの意志があるものを言う。それはその品に込められた人間の想いだったり、長い歴史ある品自体から生まれたりする。

日本では、遺　物《ロスト・プレシャス》を〝付喪神《つくもがみ》〟と呼んでいたこともある。

そして遺　物《ロスト・プレシャス》は自分の力を使うため、遺　物《ロスト・プレシャス》に感応できる人間を必要とする。自分の〝声〟を聞けるものにすがりつくのだ。

「まだ、三年前のこと、気にしてるの？」

女というのは鋭い。竜司の無言を英理子は肯定と取ったようだ。

「しょうがないよ。あの遺　物《ロスト・プレシャス》、というか呪　念　物《カーズド・プレシャス》はもう破裂寸前の風船だったんでしょう。ちょうど極限まで来たときに、竜司くんが居合わせただけ」

おぞましい記憶が蘇り、竜司は強引に話を変えた。

「……それ、どうやって手に入れたんですか？」

「快く譲《ゆず》ってもらったのよ」

英理子がにっこり笑った。大輪のバラのようなあでやかな笑み。だが、こういう笑顔を浮かべるときの英理子が怖いことを、竜司はよく知っている。

深く事情を尋ねるのは止めたほうが賢明だろう。

「その遺物《ロスト・プレシャス》はどういう力があるんですか？」

「これは非業の死を遂《と》げたマジシャンがショーに使っていたというステッキよ。このマジシャン、見栄っぱりで嘘をつく習性があってね。『ステッキを振れば、夏に雪を降らせることができる！』とか『象の大群を呼び出すことができる』とか、いつもうそぶいていたの。ところがそれを真《ま》に受けたヤクザものに、ショーに招かれてね。結局、奇跡《きせき》は起きず、怒った主催者に殺されて、翌日川に浮かんだそうよ」

「……救われない話ですね」

「彼は死体になっても、このステッキを握りしめていたそうよ。魔法の杖のような奇跡が起きると死ぬ寸前まで信じていたのね。だから、このステッキは『奇跡』を起こすの。正確には『奇跡を起こしているように見せる』、ね」

怨念《おんねん》のこもったステッキを片手に、英理子が艶《あで》やかにウィンクして見せた。神経が図太《ずぶと》いということが時々羨《うらや》ましくなる。僕なら、そんなステッキは触りたくもないが。

ますます不安が募《つの》る。

「……大丈夫なんですか、それ？」

まさか、ステッキを振り回したら大爆発が起きるとか——。

「心配しないで。試したから」

英理子がにっこり笑った。何も知らない男が見たら、さぞかし魅力的に見えるのだろうが、その笑顔は竜司をぞっとさせた。

英理子は遺物《ロスト・プレシャス》のコレクターの末裔というだけではない。

数少ない『遺物使い』、通称『ブレイカー』――眠りを破るもの――でもあるのだ。

眠っている遺物《ロスト・プレシャス》の力を引き出し、思いのままに使うことのできる選ばれた人間――。

後天的にこの能力に目覚める人間は、世界に約千人いるとされている遺物使い《ブレイカー》&遺物使い《ブレイカー》予備軍の中でも1パーセントくらいしかいない。つまり、生まれもつかどうか、という才能《ギフト》なのだ。

竜司も一応、遺物使い《ブレイカー》だと検査で出た。

だが竜司は英理子のように、その力を持つ自分を肯定できないでいた。なぜなら、その力は生まれてから十二年間ずっと沈黙《ちんもく》を守り、ようやく目覚めたと思ったら暴走したのだ。

「ふふ……これでファングの奴らに一泡吹かせてやるわ！」

英理子が目を輝かせている。

英理子は情報力や行動力の他にも様々な才能を持っている女性だ。それらの能力が有効に使われた例《ため》しはないが、本人はまったく反省したりしない。その強さが羨ましい。

「しばらくここで待ちましょう。取引は八時からよ……緊張してるの？」

「当たり前じゃないですか」

十中八九、ろくでもないことが起こるのだ。しかも、今回の相手は闇ブローカー組織ときている。

「大丈夫よ。なかなかしっぽを摑ませないファングの情報が手に入ったのはなんでかわかる？　急な取引なのよ。あいつらも万全《ばんぜん》の状態で来るわけじゃないわ。つけいる隙《すき》はきっとある」

楽天的なのは英理子の長所だが、短所でもある。

こうと決めたら彼女はてこでも動かない。英理子を放っておくわけにはいかない。こんな厄《やっ》介《かい》な女でも、一応身内で、そして怪我をさせてしまったという大きな借りがあるのだ。

仕方なく竜司は英理子について歩き出した。

＊

闇とともに、黒い車が二台連《つら》なってきた。

そしてトラックも。

黒い車から五、六人の男たちが下りてきた。全員、闇夜にとけ込むかのような黒スーツ姿だ。見るからに堅気《かたぎ》ではない雰囲気を漂わせている。

トラックからは、作業服を着た男たちが降りてきた。遠目からも、彼らの間にピンと張った糸のような緊張感が漂っているのがわかる。

　黒い布で包まれた箱のようなものを、作業服の男たちが四人がかりでそっと降ろした。壊れ物を扱うような、丁寧《ていねい》な動きだ。

「きっと、あれね……」

　英理子が鋭い目を向けながら呟いた。

「結構、大きいですね……」

　箱の一辺は一メートル強というところか。重さは未知数。男たちの中に飛びこみ、あれを二人で抱えて逃げるなんて無茶だ。

「英理子さん、やっぱり助けを呼びましょう」

「何言ってんの！　任せなさい！」

　建設的な意見はあっさり吹き飛ばされた。

「で、でもあれ、サブマシンガンじゃないですかね」

　辺りを睥睨《へいげい》している黒スーツ姿の男のうち、二人が手にしている黒光りした武器は、ハリウッド映画などでおなじみのサブマシンガンそっくりだった。

「フン……たかが、サブマシンガン。遺　物《ロスト・プレシャス》と違って、ただ単に弾をバラまくだけじゃない」

「それが怖いんじゃないですか！　一分間に二百も三百も鉛《なまり》の弾をバラまくんですよ！」

思わず言い返したとき、サブマシンガンを持った男のひとりがこちらを向いた。

声が大きかった、と気付いたときはもう遅かった。

「誰かいるぞ！」

一気に場に緊張が走った。

ズドドドドドという重低音を響かせ、首をひっこめた竜司たちめがけてサブマシンガンが火を吹いた。

「わ、わあああああ！」

竜司は転がるようにして、建物の陰に頭を引っ込めた。激しい音とともに、弾き飛ばされた破片が飛び散る。

頭を抱えてしゃがんだ竜司の上に、破片がアラレのように降ってきた。

信じられない！　ここは日本だぞ⁉

竜司は胸をぎゅっと押さえた。心臓がばくばく弾んでいるのが服の上からでもわかる。マシンガンの音がまだ腹の底に響いている。

痺《しび》れたように動けないでいる竜司の傍《かたわ》らで、英理子が豊かな髪を一振りして破片を払った。

「警告なしに発砲か。奴らしいわ！」

英理子は余裕たっぷりにそう言い放った。口には笑みさえ浮かべている。

だが、よく見るとその笑顔は引きつっていた。やはり緊張は隠せない。

銃撃《じゅうげき》がようやくやみ、竜司はそろそろと顔を上げた。

「遺　物《ロスト・プレシャス》の力、見せてあげる！」

両目を閉じた英理子の周りだけ、一瞬にして空気が変わった。まるで未踏《みとう》の山の奥に足を踏み入れた気分だ。静謐《せいひつ》で厳《おごそ》かなものが彼女を取り巻いているのがわかる。

男たちの足音が近づいてくる。だが、英理子は微動《びどう》だにしない。凄《すさ》まじい集中力だ。目には見えない凝縮された何かが、英理子を中心に渦《うず》を巻いている。触れれば弾け飛びそうだ。

銃を構えた男たちが建物の向こうから飛び出してきた。

「英理子さん！」

竜司が思わず英理子をかばおうと飛び出した瞬間、すっと英理子がステッキを振り上げた。

ゆっくり英理子の目が開く。

「幻舞《げんぶ》、『胡蝶《こちょう》』！」

鞭《むち》打つような鋭い一声が放たれ、世界が一変した。

「う……わ……」

視界を埋《う》め尽《つ》くすのは、軽やかに舞う無数の蝶だった。赤や青、黄、白——鮮やかな色の蝶が激しく羽をはためかせながら飛び回っている。

竜司にはこれがマジシャンのステッキの力——つまり幻覚だとすぐにわかった。

だが、それでも竜司は後ずさりしていた。

煌《きら》めく色とりどりの羽、幾重《いくえ》にも重なり複雑なハーモニーを奏でる羽音、飛び散る鱗粉《りんぷん》。濃《のう》密《みつ》な甘い香り。それらがぐるぐると竜司を取り巻く。

まるで夢のような光景。

乱舞する蝶にすべての感覚が奪われ、竜司はぐらりと世界が傾《かし》いでいくのを感じた。

くらくらする――。

「覚醒《かくせい》！」

ごつん！

英理子の声とともに頭に衝撃と痛みが走り、舞い踊る何百何千という蝶が消えた。

代わりに目の前にいたのは、ステッキを手にした英理子だった。

「ほら、目を覚まして！　箱を持って！」

「……へ？」

わけがわからない。英理子がステッキを振り上げるのを、竜司はぼうっと見た。

「ん、もう……『覚醒』！」

ゴツンという鈍い音とともに、頭にステッキが食い込む。

「い、いた！」

「しっかりして！」

突然、霧《きり》が晴れたように頭がすっきりした。湿《しめ》った冷たい海の風が頬にあたる。辺りは暗く、空には白い月が浮かんでいる――そうだ、僕はファングの取引に乱入して、英理子さんがステッキを使って――。

「ど、どうなったんですか？」

「一応、今のところ効いてるみたい！　だけど、対遺《ロスト・プレシャス》物用の仕掛けがあるかもしれない！　早くこの場を離れるわよ！」

「は、はい！」

サブマシンガンを手にした男たちが倒れている。言われなくてもこんな物騒なところ、一刻も早く離脱したい。

竜司と英理子はよろよろと箱を運んだ。

「結構、重いですね」

四十キロはあるだろうか。英理子の額《ひたい》には既《すで》に汗がにじんでいる。だが、この重さも遺《ロスト・プレシャス》物の前には苦にならないようだ。

「何が入ってるのかしら」

英理子がうっとりした表情になった。どんな遺《ロスト・プレシャス》物が出てくるか、楽しみで仕方がないのだろう。

車に辿《たど》り着くと、英理子が車の後部ドアを開けた。ワゴンタイプの車にしたのは、大きい荷物を楽に運ぶためのようだ。

そっと箱を載せると、英理子は車を発進させた。

「う、うまくいきましたね……」

助手席でシートベルトを締めながら、竜司はホッと一息ついた。まさかファング相手の強奪《ごうだつ》作戦が成功するとは思わなかった。しかも二人とも奇跡的に無傷だ。

「余裕よ！　さすが私！　七尾一族の末裔だもの！」

威勢《いせい》のいい言葉とは裏腹に、ハンドルを握っている英理子の手が震《ふる》えている。やはり、自分と頼りない助手のふたりだけでファングに挑《いど》むのは怖かったようだ。

「ふふっ……Bランクでも、使い方次第ではあれだけの効果があるってわけね！」

前言撤回《ぜんげんてっかい》。得意げな表情を見る限り、遺物《ロスト・プレシャス》を手に入れて興奮しているだけのようだ。いったい、どんなに太く頑丈《がんじょう》な神経をしているのだろう。ナイロンザイルも顔負けだ。

「まあ向こうも遺物使《ブレイカー》いが駆《か》けつけるなんて思ってなかったでしょうし——」

「ぎゃーっ！　ライン、はみ出してますよ！」

ふらふらと車が蛇行《だこう》する。激しいクラクションとパッシングを浴び、竜司は悲鳴を上げた。

「大丈夫大丈夫！」

右へ左へ適当にハンドルを切りながら、英理子がまったく説得力のない台詞を言う。

「どこが!?　ああっ、ほらパトカーが！」

派手なサイレンを鳴らし、赤灯を点滅させたパトカーがぴたりと後ろにつくのが見えた。

「振り切ってやるわ！　こういうこともあるかと思って、ナンバーは偽造《ぎぞう》プレートを使ってるんだからね！　捕《つか》まりさえしなければこっちのもんよ！」

首尾良く遺《ロスト・》物《プレシャス》を手に入れた英理子は明らかに興奮状態だった。細く形のいい足が、アクセルを思い切り踏み込む。

「それより、安全運転を——」

竜司の言葉は虚《むな》しく、うなりを上げるエンジン音にかき消された。

＊

車は見上げるような格子《こうし》の門の前で停まった。門に続く白壁《しらかべ》はどこまでも続いていく。この白壁に囲まれた広大な敷地すべてが英理子の屋敷だ。久々の訪問だったが、相変わらず都内にあるとは思えない豪邸《ごうてい》だ。

格子《こうし》の門をリモコンで開けると、英理子は庭に設置された車道を走り、ガレージに入った。乗用車なら十台は入るガレージに車を停めると、英理子と竜司は車を降りた。

「よし、行くわよ」

ガレージのドアを開け、屋敷の中に入ると、奥行きのある廊下がまず目に飛び込む。確か部屋は二十くらいあるんだっけ。しかもその一つ一つが二十畳《じょう》はあろうかという広さなのだ。

「相変わらず、すごい屋敷だな……」

「何か言った？　ほら、どこ行くの！　エレベーターに箱を乗せて」

「あ、はあ……」

階段を上がりかけた竜司は慌てて戻った。

そう言えば、階段の脇《わき》にエレベーターまで設置されているのだ、この屋敷は。

二階に上がると、二人は箱をリビングに運び入れた。

「さて、いよいよね」

英理子が待ちかねたというように、黒い布に手をかける。

「じゃあん！」

マジシャンのような掛け声とともに、ばさっと、一気に布がめくられた。

出てきたのは、金属性のシンプルな銀色の箱だった。

「あら……」

豪華な遺物《ロスト・プレシャス》を想像していたらしい英理子は拍子抜けしたようだ。だが、気を取り直したように、箱に触った。

「きっと中に遺物《ロスト・プレシャス》が入っているのね！　……これ、空気穴かしら？」

箱を舐《な》めるようにして見つめた英理子が呟いた。

「何でしょうね……」

竜司も箱に顔を近づけた。箱の上部には小さな穴がいくつも開けられている。

そのとき、ガタッと箱が動いた。

「わっ！」

転がるようにして、竜司は箱から飛び退《の》いた。

その声に反応するかのように、更《さら》に箱がガタガタと動く。

竜司と英理子は顔を見合わせた。同じことを思っているのがわかる。

「もしかして……生き物なの⁉」

予想外の出来事に、さすがの英理子も声をうわずらせている。

「開けるわよ……」

英理子が銀色に光る鍵を取り出した。

「あれ、いつの間に鍵を?」

「ファングの皆さんが幻を見ている間にちょろっとね」

英理子がウィンクをしてみせた。やはり七尾一族は侮《あなど》れない。

鍵穴に鍵を差し込んだ英理子の腕を竜司は慌てて摑んだ。

「ちょっと、英理子さん！　危険なものかもしれないんですから！」

「イヤ！　今すぐ見たいの！」

生き物かもしれないという仮説は、英理子の好奇心をいたく刺激したらしい。

こうなれば、誰も英理子を止められない。竜司を片足で蹴飛《けと》ばすと、問答無用で英理子は箱を開けた。

「あ……」

大きく箱が揺れ、ガターンと派手な音を立てて倒れた。

「え、ええ⁉」

竜司は思わず声を上げた。

中から転がり出てきたのは、長い金色の髪をした十三、四歳くらいの少女だったのだ。

「お、女の子？」

英理子はまだ目の前のものが信じられないようで、ぽかんと口を開けたまま少女を見つめている。

生き物かもしれないとは思ったが、まさか中に入っているのが人間とは思わなかった。

少女は暗い箱の中にいたせいか、眩《まぶ》しそうに青い目を細めてこちらを見ている。

白いノースリーブのワンピースのような、ほぼ下着に近い服に包まれた体を丸め、少女はかすかに震えていた。

その細い首には、宝石らしきものがついた分厚《ぶあつ》い金色の輪っか——首輪のようなものがついていた。

「な、なんてこと！」

ようやく我に返った英理子は、少女のそばにひざまずいた。

「可哀相《かわいそう》に！　もう大丈夫よ！」

英理子がそっとその少女の頬に手をあてた瞬間。


がぶ。


「え？」

英理子は信じられないというように、自分の右手を見つめた。その手には少女が遠慮《えんりよ》なく噛《か》みついている。

竜司は悲鳴を上げる英理子と、その手にブルドックのごとく食らいついている少女をただ呆《ぼう》然《ぜん》と見つめることしかできなかった。

「いったーい！　竜司くん、なんとかしてー!!」

竜司は今まで何度か、英理子が男相手に立ち回りする光景を目にしたことがある。子どもの頃から七尾一族に伝わる古武術《こぶじゅつ》を叩き込まれている英理子だ。容赦《ようしゃ》のない攻撃を加え、残らず男たちを這《は》いつくばらせてきた。だが、さすがに囚《とら》われていた華奢《きゃしゃ》な女の子には手を上げられないようだ。

そのとき、少女がこちらを向いた。

紺碧《こんぺき》の空を映したような大きな目が見開かれ——いきなり少女が飛びついてきた。

「う、うわっ！」

パスされたバスケットボールのように、まっすぐ胸元に飛び込んできた少女を竜司は反射的に抱きかかえた。

少女が首に廻《まわ》した手にぎゅっと力を込める。

英理子とはまた違う、甘い香りがまとわりつく。折れそうに細いが、驚くほど柔らかい。薄い布一つ通して少女の体温が染みこんでくる。

「う……」

物心ついたときから、誰かにこんなふうに抱きしめられたことはなかった。

初めての経験に、否応《いやおう》なしに膝《ひざ》から力が抜けていく。

少女と竜司の目が合った。少女の澄《す》んだ青い目からみるみる警戒心《けいかいしん》と怒りが消えていく。

そして、まるで竜司と一体化したいとでもいうかのように、ぎゅうっと竜司の首筋に頭をすり寄せ、足を腰にからませる。

竜司はまるでセミにしがみつかれた木の枝の気分だった。しかし木の枝のように冷静でいられない。心臓が乱打され、その音が部屋中に響きそうだ。

「……なんか、懐《なつ》かれてるわね」

英理子が呆気にとられたように言った。

懐かれているというのだろうか……。

竜司は困惑《こんわく》しながら、がっちりと体を押しつけている少女を見つめた。さらさらと金色の髪が少女の呼吸に合わせて揺れ動く。

ひしひしと伝わってくる、なめらかで温かい肌の感触がどうにも落ち着かない。頭に血が昇り、顔が赤く染まっていくのがわかる。

近くのソファに少女をそっと降ろそうとしたが、体にしがみついたまま離れない。

「いたたた……」

英理子が顔をしかめながら、手の甲《こう》を見つめている。そこには赤い歯形がくっきりついていた。

「離れそうにないわね。とりあえず、座ったら？」

竜司にぴったり抱きついている少女を見て、英理子がため息をついた。

「はあ……」

仕方なく、竜司は少女を抱いたままソファに座った。びっくりするほど軽いのが救いだ。

「さて、名前は？」

英理子がソファの前に跪《ひざまず》き、少女と同じ目線になった。

少女はちらっと英理子を見たが、すぐに興味なさそうに竜司に顔を向けた。

「日本語が分からないのかしら……。What's your name?　Wie heissen Sie?　Quel est votre nom ?」

英理子は英語、ドイツ語、フランス語を試してみたが、少女は芳《かんば》しい反応を示さない。というか、英理子を見もしない。

「うーん……」

その後もスペイン語などヨーロッパ系の言語から、アジア系の言葉まで使ってみたが、少女は眉《まゆ》ひとつ動かさない。

「おっかしーな……」

疲れ切った表情で、英理子がソファにもたれかかる。少女は飽きもせず、竜司の顔を凝視している。思わず自分の顔に何かついているんだろうかと不安になるほどだ。

「この子、どこの子なんでしょうね」

「そう、それよ！」

英理子がびしっと指差してきた。

「さっきからずっと引っかかってるのよね。ファングたち闇ブローカーは人身売買はしないのよ！　扱うのは遺物《ロスト・プレシャス》だけで、それを強奪《ごうだつ》するときは手段を選ばないけどね」

「そんな危ないところに僕を連れて行ったんですか……」

「とにかく！」

旗色が悪いと見たのか、英理子が大声で遮《さえぎ》った。

「人を取引するなんて異例のことよ！　あ……」

英理子の目が見開かれた。

その目は、少女の首をがっちり覆っている、金色の首輪に向けられた。宝石が飾られており、かなり高価なもののようだ。

「まさか……それが遺　物《ロスト・プレシャス》？」

英理子は立ち上がると、いきなり首輪に手をかけた。その勢いに怯《おび》えたのか、少女が英理子の手をぱしーんと払った。

「いったーい！　もう！　ちょっと首輪を見せて！」

少女がキッと英理子を睨《にら》んだ。年若い少女に似合わぬ威風堂々《いふうどうどう》とした揺るぎない態度だった。さすがに一瞬、英理子が怯《ひる》む。

「落ち着いて！　大丈夫だから！　悪いことしないから、ね？」

竜司が声をかけると、少女が振り向いた。その大きい青い瞳から、みるみる攻撃の意志が消えていく。

「……ちょっと、なんで竜司くんの言うことは聞くわけ？」

「知りませんよ！」

憤然《ふんぜん》とした英理子に睨まれ、竜司は慌てて手を振った。

「納得いかないわ……体を張るのは竜司くんの役目のはずなのに。何のための助手なのかしら」

聞き捨てならないことをぶつぶつ呟きながら、英理子が首輪に触れた。

「これ…… 遺物《ロスト・プレシャス》よね。微弱だけど、遺物《ロスト・プレシャス》の〝自我〟を感じるわ」

「……僕は何も感じませんが」

英理子がちらっと竜司を見た。

「極端な能力よね。0か10か、か……」

遺物使い《ブレイカー》は遺物《ロスト・プレシャス》を感知し、その能力を引き出す能力を持っている。

一般人から見ればただの〝物〟でも、遺物使い《ブレイカー》にとっては超自然の力を持つ宝となるのだ。

そのレベルは0から10まで。もちろん0は感知能力なしの一般人だ。英理子はレベル7と、かなりの高レベルだ。

ちなみに協会《ソサエティ》が公的に認定している遺物《ロスト・プレシャス》感応力テストにおいて、遺物《ロスト・プレシャス》に対する何らかの感応力があるとされているのがレベル1～3。いわゆる遺物使い《ブレイカー》とされるのはレベル4以上だが、レベル4～6では高度な遺物《ロスト・プレシャス》は使えないうえ、能力が不安定だ。

プロとして認められるのは、レベル7以上となる。だが、その数は公的に認められているだけで、世界でたった百人ほどだ。

竜司は七歳のときの検査でレベル10と出た。だが、その数値に対して実際の遺物《ロスト・プレシャス》に対する感応力は皆無——0だった。だが、三年前の事件では、完璧に遺物《ロスト・プレシャス》の力を引き出した。

遺物《ロスト・プレシャス》はいつも竜司に対して極端なリアクションを示す。完全な無視か、完全な支配だ。

この遺物《ロスト・プレシャス》はどうやら前者らしい。そのことに竜司はホッとした。

「うーん、通常のピッキングでは無理ね、これ。こっちの鍵もパクってくればよかったな〜」

鍵穴にまがった針金を突き刺していた英理子がため息をついた。

「どこで習ってきたんですか、そんなもの」

英理子はいつも思いがけない特技を披露《ひろう》しては、竜司を驚かせる。

「プロの鍵師に習ったから、大抵の鍵や錠前は開けられるんだけど……これは特殊《とくしゅ》な封印がされているみたい」

「ファングもこの首輪が取れないから、少女ごとさらったんでしょうか」

「そう考えるのが妥当《だとう》でしょうね」

「でも、どうして首輪なんかしてるんでしょう、この子」

「さあ……首輪って言っても、宝石が飾られているし、もしかしたらごつい首飾りかも……でも苦しそうね」

英理子が心配そうに、少女の首にはまっている首輪に触れた。

「うーん、ちょっと調べてみるか」

英理子がリビングの隣の部屋に入った。そこはデスクとパソコン、そして資料棚《だな》が置かれたちょっとした事務室になっていた。

英理子はパソコンに向かうと、世界遺物保護協会《ソサエティ》のデータベースにアクセスした。

「首輪、首飾り……うーん、遺　物《ロスト・プレシャス》リストにないわね。まあ、遺　物《ロスト・プレシャス》なんてその存在が明らかになっているものは、一説によると全体の十数パーセントに過ぎないって言われてるしね。ファングが狙うからには、データベースには載《の》っていないけど、かなり貴重なものなんでしょ」

「どうします？　とりあえず、この子、警察に届けますか？　それとも、世界遺物保護協会《ソサエティ》に連絡します？」

「うーん……そうねえ……」

英理子がじいっと少女を見つめる。

「警察に預けるのもねえ……こんな首輪しているし、明らかに外国人だし、それに説明が面倒くさいし」

「英理子さん……」

英理子はまるで聞こえなかったかのようにそっぽを向いて続ける。

「世界遺物保護協会《ソサエティ》に連絡するにしても、何もはっきりわかっていないし、もうちょっとこの首輪を調べてからのほうが」

「英理子さん！」

「な、何よ！」

「この遺《ロスト・プレシャス》物に目をつけてるんでしょうけど、意図的に報告を怠《おこた》ったことがバレたら、それこそ協会《ソサエティ》からも目の敵《かたき》にされますよ」

「わかってるわよ！　でも、もう夜も遅いし、明日でもいいでしょ？」

ねだるような甘い口調とは裏腹に、英理子は首輪に鋭い視線を投げかけていた。遺《ロスト・プレシャス》物のこととなると文字どおり目の色が変わる。

「これ、ルビーよね。こっちはサファイア。5カラットはあるわね。これほどの宝石細工がついた遺《ロスト・プレシャス》物がデータベースに載っていないなんて……だから遺《ロスト・プレシャス》物は面白いわ」

竜司の冷たい視線に気づいたのか、ぶつぶつ呟いていた英理子がハッとしたように顔を上げた。

「とにかく、この子は一晩ウチで預かるわ。竜司くん、面倒をみてやってね」

「は？」

さも当然のごとく言い放った英理子に、竜司はくってかかった。

「何言ってるんですか？　困りますよ、女の子の面倒なんて！」

「だってこの子、あんたにしか懐《なつ》かないじゃない」

少女は竜司の腕にぎゅっと摑まっている。美しい少女にぴたりと寄り添《そ》われるのは、正直不快ではない。だが、やわらかい肌の感触や首筋に触れる吐息《といき》のおかげで、もうずっと心臓が駆《か》け足状態だ。絶対健康に悪い。早く一人になってリラックスしたい。

だが、英理子は腰に手を当て、憤然と言い返してきた。

「あんたねえ、こんなに不安がっている女の子を放っておけるの？　ほら、こんなに竜司くんにすがってるのに」

言葉はあまり通じていないようだが不穏《ふおん》な空気は伝わるのか、少女はうかがうように竜司を見上げてきた。

ぎゅううう。

竜司の服を掴む手に力がこもる。もし振り払いでもすれば、その大きな青い目から涙がこぼれ落ちそうだ。

「その手……振りほどけるの？」

英理子が勝ち誇《ほこ》ったように言う。

言葉を発しなくても、少女のすがるような眼差《まなざ》しや手に込めた力から、彼女がそばにいてほしがっているのは痛いほど伝わってくる。

「……わかりました」

「じゃあ、ごはんにしましょう！　お腹すいた！　何か作って！」

英理子が足を子供のようにバタつかせる。

「……僕が作るんですか」

暴君の命令には逆らえない。そう思ったが、一応抗議《こうぎ》してみた。

「当たり前でしょ！」

竜司のささやかな抵抗は、一言のもとに弾き飛ばされた。

英理子はリビングに戻ると、優雅にソファに寝そべった。自分はそこから動く気などないらしい。

「竜司くんは一人暮らし歴が長いでしょ？　料理もきっと上手よね」

「まあ……そうですね」

遺物《ロスト・プレシャス》を求め、世界中を飛び回る両親はほとんど家にいない。竜司が小学校を卒業してからはその傾向が顕著《けんちょ》になった。

最初は毎日のように家政婦が来てくれたが、他人がいることがかえって落ち着かず、最近は家事全般を全部自分でするようになっていた。

「私、ご飯って自分で作ったこと、ほとんどないのよね。おいしいものを作る自信がないの。お願い！」

「はいはい。わかりました」

ごねてもムダだ。それに確かに英理子に何か作れというのは無理だろう。

「家政婦さんにお願いして、食材は冷蔵庫に入れてもらっているから〜」

ひらひらと手を振る英理子に苦笑し、竜司はダイニングを通ってキッチンに向かった。わざわざ廊下に出なくとも、リビングから部屋が一つなぎになっているので便利だ。勝手知ったる他人の家。

すると、少女が金色の髪を揺らしながら、軽やかな足取りで後をついてきた。

「えーと、きみはここで待ってて」

そう言った瞬間、ぎゅっと腕を摑まれる。こちらを見上げてくる青い目には、絶対についていくという強い意志がみなぎっていた。言葉は通じないが、それはわかる。

「……一緒に来たいんだね。わかった」

竜司はおとなしく頷いた。

もし、この少女が日本語を理解したとしても、きっと竜司の言葉などに耳を貸さず、自分の思うままに行動しただろうと考えたからだ。

女を説得するなど、水面に映る月をすくおうとする行為と同じくらい無駄《むだ》なことだ。

度重なる女たちの自由気ままな言動——主に英理子とか英理子とか英理子とか——に、齢《よわい》十五にして竜司はすっかり諦観《ていかん》していた。

竜司はキッチンのドアを開けて中に入った。

広々とした立派なキッチンはぴかぴかに磨《みが》き上げられ、使いやすそうだった。

竜司は冷蔵庫と戸棚の中身を確認すると、メニューを頭に思い浮かべた。今日は三人分。いつもより多めに作る必要がある。逆に言えば、気にしなければいけないのは分量だけだ。手順や調理法は自然に手が動く。

湯を湧《わ》かそうとコンロに近づいた竜司はぎょっとした。

少女が自分の脇《わき》から、興味深げに顔を出してきたのだ。金色の長い髪が今にもコンロにつきそうだ。

「ちょ、ちょっと！　危ないから！」

この子はコンロを知らないのだろうか？　それとも、そんなに腹が減っているのか。

ぐいっと肩を引くと少女は不思議そうな顔になったが、それでも大人しく竜司の後についてくる。

「ここ！　ここに座って！」

キッチンに置かれたテーブルになんとか少女を座らせる。

「ここで見てて！　いい？」

少女はきょとんとしている。これでは自分がコンロに近づけば、またついてくるに違いない。竜司はだんだん、少女の行動パターンがわかってきた。カルガモの雛《ひな》のように、とにかく自分にぴったりくっついていたいのだ。

さらわれて、よっぽど怖かったんだろうな……可哀相に。

もし妹がいればこんな感じなのかな。一瞬、そんな想像が頭をよぎった。一人っ子の自分にとって、兄弟の存在というのはある意味ファンタジーだ。実感がわかない。

だが、火を使うのに、これほど無防備《むぼうび》にまとわりつかれては危険だ。

何とか、彼女をここに座らせておくには――。

竜司は冷凍室《れいとうしつ》を開けた。そこにはどっさりと、アヒルの模様が描かれたアイスクリームの箱が並べられていた。英理子が贔屓《ひいき》にしている、ベルギーの有名なアイスクリームメーカー、ハーケンダック社のアイスクリームだ。英理子がまとめ買いするよう、家政婦に頼んだのだろう。

「これ食べてて！」

スプーンを握らせ、バニラアイスを少女の前に置く。

少女はきょとんとしたままだ。もしかしてアイスクリームも知らないのか？

「アイスクリームだよ……食べる？」

だが、少女は首を傾げるだけだ。

カルチャーショックの連続に挫《くじ》けそうになりつつも、竜司はアイスクリームをすくって少女の口に運んだ。

少女が何のためらいもなく、アイスクリームを口にした。

「！」

少女の肩がびくっと上がり、その大きな目がこぼれんばかりに開かれた。

「Ж ψ ＊ Φ ＊!!」

少女は意味不明の言葉を叫び出した。意味はさっぱりわからないが、かなり驚いたようだ。

「え？　まずかった？」

焦った竜司だが、少女が笑顔になったのを見てホッとした。

スプーンを自分で握った少女が、不器用な手つきでアイスクリームを食べ始めた。

ざくっ、ぱくっ、ざくっ、ぱくっ、ざくっ、ぱくっ——すくっては食べてを繰り返す少女に、竜司は思わず声をかけていた。

「気に入った？」

少女がほっぺたにアイスをつけたまま、輝《かがや》くような笑顔を浮かべた。

「そうか、よかった。ゆっくり食べなさい」

アイスをそっと指でぬぐってやると、竜司はコンロの前に向かった。

鍋《なべ》を火にかけ、じゃがいもを剝《む》きながら、竜司はちらっと後ろを振り返った。

スプーン片手に、じいっと少女がこちらを見ている。まるで竜司のすべての動きを焼き付けようとするかのようだ。片方の手はアイスをすくっては口に運ぶ動作をきちんと続けている。

よっぽどアイスクリームが気に入ったらしい。

その熱い視線に戸惑《とまど》いながらも、竜司は作業を続けた。

三十分ほどでピラフとポテトサラダを作ると、竜司は隣室のダイニングに料理を運びながら英理子を呼んだ。

「ごはん出来ましたよ～」

「ほんと⁉　もうお腹がすいて泣きそう！」

英理子がダイニングに飛び込んでくると、テーブルに腰掛《こしか》けた。

竜司はランチョンマットの上にスプーンとフォークを並べながら、椅子《いす》に座った少女を見た。

「ごはんを食べる？　おなかすいたよね？」

少女はきょとんとこちらを見上げた。意味がわかっていないようだ。

しかし竜司も日本語しか話せない。手を口に持っていき、口をもぐもぐ動かすというジェスチャーをしてみせる。

「ご、は、ん、食、べ、る？」

ゆっくり発音すると、少女が首をかしげた。

「ご、は、ん？」

竜司は頷くと、ほかほかと湯気をたてているピラフが載った皿を差し出した。

少女の目が輝いた。その白い頬に赤みが差す。

どうやら通じたようだ。

「あ、お腹すいてるみたいだね。ごはん、食べようか」

「ごはん！」

少女がはっきりと発音した。耳がいいのだろう。綺麗な発音をすぐに習得している。

「すごいね。そうだよ、これ、ごはん！」

竜司が皿を指差すと、少女がこくこく頷く。その動きに合わせて、艶やかな金色の髪が動く。

「ごはん！　ごはん！」

今にも皿ごとかぶりつきそうな勢いに焦《あせ》りながら、竜司は少女にスプーンを渡した。

だが、少女の目はピラフに釘付けで、スプーンを握ってくれない。

「わかった！　食べさせてあげるから！」

竜司は慌てて椅子に座ると、ピラフをざくっとすくった。

「はい！」

ぱくう！

少女がスプーンごとかぶりつく。

もごもごと口を動かした少女の頬がバラ色に染まった。その顔に満面の笑みが浮かぶ。

どうやらおいしかったようだ。

「もっと？」

「もっと！」

竜司は巣で待つ雛《ひな》にエサを運ぶ親鳥のように、せっせとピラフをすくっては少女の口に運んだ。

「わー、すごい勢いね！」

あっさりピラフの皿を空にした英理子が感心したように見つめていた。

「この子、十四歳くらいと思ったけど、もしかしてもっと子供なのかしら」

「かもしれません」

英理子の言うとおり、少女の動作や反応は見た目よりずっとあどけなく、幼い。

竜司は少女の口元についたごはん粒をそっとつまんだ。

「お茶、飲む？」

「おちゃ？」

コップを差し出すと、少女はおとなしく受け取って口にした。

その瞬間、少女の顔が歪《ゆが》んだ。まるで初めて梅干しを口にした子どものようだ。

「まずい？」

「まずい……」

少女が苦しそうに咳《せ》き込む。よっぽど口に合わないらしい。

竜司は慌てて冷蔵庫を開けた。ずらりとミネラルウォーターが並んでいる。英理子はどうやらミネラルウォーターにもハマっているらしい。

「水なら大丈夫かな」

グラスに入れたフランス製のミネラルウォーターを与えると、少女はこくこくと嬉しそうに喉《のど》を鳴らして飲む。

「よかった……」

「竜司くん、お母さんになれるんじゃないの？」

人の気も知らず、英理子が軽口を叩いてくる。竜司は顔を引きつらせ、応酬《おうしゅう》した。

「英理子さんは立派な幼稚園児になれそうですね」

飛んできたお皿を器用に受け止め——予想がついていた——、竜司は少女に向き直った。

「お腹いっぱいになった？」

ポテトサラダも綺麗に平らげた少女は満足そうに目をとろんとさせている。頬は上気して薔《ば》薇色《らいろ》だ。

年は一つか二つくらい下だろうが、ふとした隙《すき》に見せる表情は幼子《おさなご》のようにあどけない。

不思議な子だな。

「あいす！」

少女が高らかに叫んだ。

「え？」

「あいす！」

「あ、ああ、アイスクリームね。気に入った？」

少女がスプーンを片手にこくこく頷く。もう一個くらい、食後にあげても大丈夫だろう。

竜司が冷凍室からアイスを持ってくると、もう慣れたのか、少女はさっさと蓋《ふた》を開けるとぱくぱく食べ始めた。

「あら、アイスクリームが好きなのね！　ハーケンダックのアイスはおいしいでしょ！　濃厚でいて、後味はさっぱりしていて――食事の締めにはやっぱりこれよね！」

英理子がまるで自分の手柄《てがら》のように胸を張る。

一生懸命アイスと格闘している少女を見ていた英理子が、ハッとしたように指を差した。

「あのさ、それ怪我してるの？」

竜司はきょとんとしている少女の左手に目をやった。

少女の左手の甲には包帯が丁寧《ていねい》に巻かれている。特に不自由そうにも痛そうにもしていないので、今まであまり気にならなかった。

「ちょっと見せて、ね」

英理子が手を伸ばすと、少女の顔に警戒《けいかい》の色が浮かんだ。テーブルの上に置いていた手をさっと引っ込める。

「怖くないから。ね？」

英理子が椅子から立ち上がると同時に、少女が軽く椅子を蹴った。体重を感じさせない軽《かろ》やかさで宙で一回転すると、竜司の膝《ひざ》の上にふわりと降りた。人間離れした運動神経だった。

「わ、わわ！」

ばさっと長い金色の髪が垂《た》れ幕《まく》のように竜司の顔にかかる。絹糸《きぬいと》のような柔らかい感触とともに、清廉《せいれん》な花のような香りが竜司を包んだ。

触れてもいいものかと目の前の少女をもてあました竜司にさきがけて、少女がきゅっと竜司の胸元を握った。強く強く、絶対に放さないという決意が伝わってくるほど。

「……竜司くん」

額《ひたい》を片手で押さえ、まるで『考える人』のような苦悩《くのう》のポーズをとった英理子が口を開いた。

「は、はい！」

「その子の包帯、そうっととってみて。必要なら手当をするから」

「わかりました！」

シャツをきつく摑んでいる手を、竜司は壊れ物を扱うかのようにそっと触れた。ひんやりした滑らかな感触が伝わってくる。

「傷を見るだけだから、じっとしてて……」

軽く頭を下げるだけで触れてしまうほどの至近距離に少女の顔があった。近くで見れば見るほど、少女の美貌《びぼう》が際《きわ》だっているのがわかる。

きめの細かい肌はしみ一つなく、陶器《とうき》のようになめらかだ。長い金色の睫毛《まつげ》に縁取られた目は、サファイヤのような輝きを放っている。

意識すればするほど、胸は高鳴り、頭に血がのぼっていく。

できれば膝から降りてほしいが、まったくその気はなさそうだ。

わきあがってくる甘い妄想《もうそう》を必死で追い出し、竜司は包帯にだけ集中した。少女を刺激しないよう、そっと包帯を外していく。

意外にも、少女の手からはまったく緊張が伝わってこない。それどころかリラックスしているように思える。なぜかはわからないが、自分を全面的に信頼しているようだ。

はらりと左手に巻かれた包帯が落ちた。

少女の手の甲《こう》には赤い楕円形《だえんけい》の貝殻《かいがら》のようなものが、数枚皮膚《ひふ》に食い込んでいた。

それは人の手としては明らかに異様だった。だが、目を奪われるほどの妖《あや》しい美しさがあった。

「綺麗、だね……」

思わず、そんな言葉が竜司の口をついて出た。

言葉はわからないはずだった。だが、誉められているというのは感じ取ったらしい。

少女の白い頬に赤みが差し、目が嬉しそうに輝いた。

微笑《ほほえ》んだ少女は今までの何倍も可愛らしく見えた。

そして、少女は手の甲——正しくは赤い貝殻のようなものにそっと口づけた。

にこっと笑い、少女ははあっと息を吐《は》いた。その息は赤く、熱を持っていた。

「わああああ！」

突然炎を吐き出した少女に、竜司は悲鳴を上げた。

少女はきょとんとし、首をかしげた。それはどうして誉めてくれないのかと言っているように見えた。

「な、ななな！　こ、この子っ！　まさか！」

取り乱した声が部屋に響いた。英理子が愕然《がくぜん》としたように立ち上がってこちらを見ていた。

英理子が事務室に飛び込むと、パソコンに向かって猛然《もうぜん》とキーを打ち始めた。

「どうしたんですか、英理子さん！」

竜司も後を追い、事務室に入る。少女もそのあとを慌ててついてきた。

「ああっ、もう！　通常会員用のデータベースじゃ話にならないわ！　えーと、特別会員用画面にログインして——と」

英理子の耳にはもう、竜司の言葉など届いていなかった。

竜司は食い入るように画面を見つめる英理子を見守るしかなかった。

しばらくして、英理子が叫んだ。

「そっか……だから、ファングが狙ったの？　でも信じられない！」

「いったい、何なんですか!?」

英理子がすっと立ち上がり、こちらを見た。それは今まで見せたことのない、真剣な表情だった。無茶が好きな女子大生の面影《おもかげ》はどこにもない。英理子は一人前の、遺物《ロスト・プレシャス》コレクターの顔をしていた。

「……ドラゴンよ」

「え?」

英理子の声は確かに届いた。だが、意味が理解できなかった。

ドラゴン——竜——という言葉がなぜこの場に出てくるのだ?

「その子、レッド・ドラゴンなのよ!」

「は?」

英理子の視線は少女に向けられていた。

ドラゴン? あの伝説の幻獣《げんじゆう》?

ぼけっと少女を見つめる竜司に苛立《いらだ》ったように、英理子が足を踏みならして近づいてきた。

「ファングは首輪が目当てじゃない! その子自身が生きている伝説なのよ!」

英理子が少女の手の甲を指差した。

「ドラゴン……ですか」

竜司は何とか声を絞《しぼ》り出した。

いくら遺物《ロスト・プレシャス》を避けてきたとは言え、両親そろって遺物《ロスト・プレシャス》のハンターなのだ。最低限の知識はある。

「そうよ！　爪やウロコさえ、Sランクの遺《ロスト・プレシャス》物とされているドラゴンが目の前にいるのよ！」

英理子の目がきらきらと強い輝きを放つ。

興奮して顔を真っ赤にさせた英理子が、びしっと少女の手を指差した。

「その赤いウロコ、それがドラゴンの証《あかし》なの！」

英理子の叫びがどこか遠くから聞こえてくる。

その存在すら伝説の生き物、ドラゴン。

体のほんの一部でさえ、Sランク級の貴重な遺《ロスト・プレシャス》物となる。

要するに、キング・オブ・遺《ロスト・プレシャス》物。

こちらの驚きと戸惑いをよそに、少女が微笑んだ。見た目はとびきり可愛い外国人の女の子だ。

この子が伝説の生き物、ドラゴンで、それが僕の膝の上に乗っているっていうのか？

僕は――　遺《ロスト・プレシャス》物とは関係なく、普通の高校生活を送りたいだけなのに。

遺物使い《ブレイカー》の検査を受けたときの冷ややかな遺《ロスト・プレシャス》物の反応、強引に竜司の中に侵入《しんにゅう》して乗っ取ろうとした呪《カーズド・プレシャス》念物の感触、遺《ロスト・プレシャス》物のことばかり話している両親――。

これまでの嫌《いや》な記憶がどっと押し寄せてきた。空間がぐにゃりとひしゃげ、意味不明の言葉が頭の中をぐるぐる回る。混乱している。それもひどく。

そう思ったが、自分ではどうすることもできなかった。英理子が何かを叫んでいるようだったが、声は耳に届かない。すべてが遠ざかっていく——。

そのとき、ぐいっと服が引っ張られた。

赤いウロコのついた華奢《きゃしゃ》な白い手。それを見た瞬間、竜司は現実に引き戻された。

少女が、じっとこちらを見ていた。

「リュウジ」

戸惑う竜司に、少女は無邪気《むじゃき》に微笑んだ。

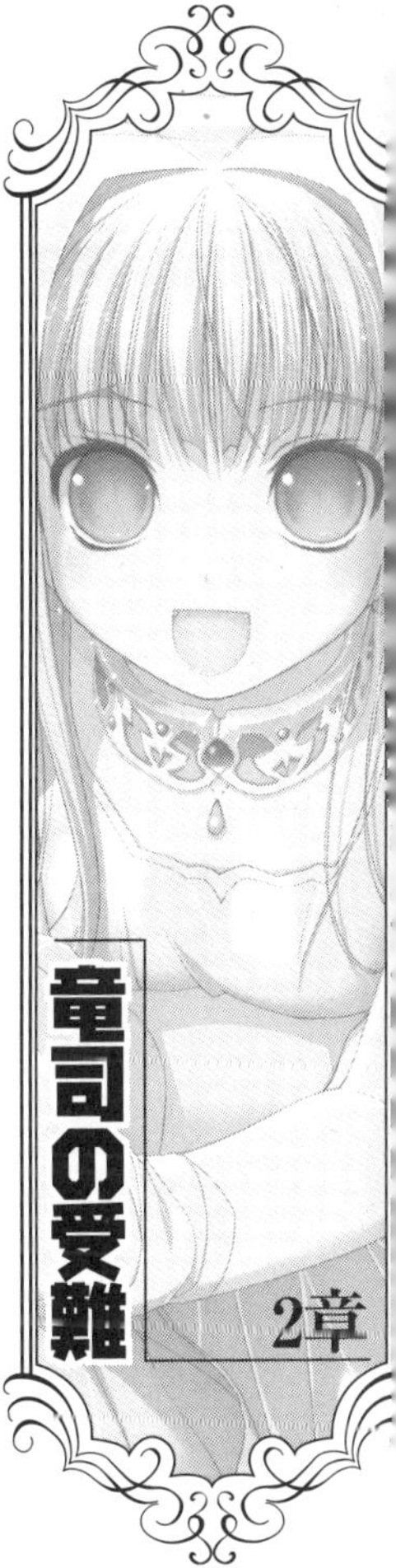

2章　竜司の受難

一心に自分を見つめる少女から目をそらし、竜司《りゅうじ》は立ち上がった。不意をつかれ、少女がソファにころりと転がった。

「と、とにかく僕はこれで！　疲れたから寝ます！」

遺物《ロスト・プレシャス》なんかと係わりたくない。ベッドにもぐってすぐに寝よう。きっと明日にはすべてが終わっている。

「そうはいかないわよ！」

現実から逃避《とうひ》しようとした竜司を、英理子《えりこ》が容赦《ようしゃ》のない一言で引き戻した。

「あんたはセブン・テイルズの一員で私の助手なんだからね！　協力してもらうわよ」

「う……」

竜司はしぶしぶソファに腰掛《こしか》けた。少女が嬉《うれ》しそうに身体を寄せてくる。

吸いつくようなしっとりした、すべすべの肌《はだ》——本当にこの子はドラゴンなのか？

「ドラゴンって……は虫類の怪獣《かいじゅう》みたいなやつじゃないんですか？　すごく大きくて」

英理子が自慢げににやりと笑った。

「普通はそう思うわよね。ところが、ドラゴンは普段は人間と変わりない姿らしいの。手の甲《こう》にあるウロコ——竜紋《りゅうもん》以外はね。成体となってから、いわゆる〝ドラゴン〟に変身できるようになるらしいわ」

「そんなこと、一般向けのページに載ってましたっけ……」

「もちろん、『ドラゴン』に関するデータは協会《ソサエティ》の特別会員しか閲覧《えつらん》できないわ。ちょっと手に入れたパスワードで私は入ったけど」

英理子が自慢げに言った。

「……それは不正アクセスなんじゃ」

「パスワードを偶然手に入れただけよ。データ見るだけだもん、犯罪なんてそんな大げさな。ただ、気になることがあるのよね」

「何がですか？」

「特別会員のページなのに、ドラゴンに関する情報の所に一部制限がかかっているの。トップ・シークレット扱いね。たぶん上層部の人間しか見れない……」

「何かあるんでしょうか……」

協会《ソサエティ》が秘めているドラゴンの情報など、想像もつかない。

竜司はハッとした。

「それより、不正アクセスは良くないですよ！」

「そうね。今回は緊急事態だったから。これからは気をつけるわ」

英理子はまったく反省の色なしに語り続けた。

「でも、眉唾《まゆつば》だなーって思ってたけど、本当だったのね！　ほら、この手の甲にあるのってまさしく竜紋でしょ！」

英理子が少女の左手を手に取った。


がぶり！


少女が英理子の手にがっちりと噛《か》みついた。

「いたーい！」

悲鳴を上げる英理子を、少女が怒《いか》りに燃える目で見つめる。その迫力《はくりょく》たるや、傍《かたわ》らの竜司がたじろぐほどだ。

「怒らないでよ、触らないから！　ほんと、データ通りね。ドラゴンは気位《きぐらい》が高く、まず人に気を許さない……んだけど」

少女は竜司の膝《ひざ》の上に乗り、頭をぐりぐりと首筋にこすりつけている。誰が見ても甘えているようにしか見えない。

「……なんであんたには懐《なつ》くのよ？」

痛みのあまり、涙目になった英理子が恨《うら》めしげに竜司をねめつけた。

「わかりません」

英理子が不満げに見つめてくる。

「名前に〝竜〟がついてるから？」

「そんなアホな理由じゃないでしょう」

「アホとは何よ！　もう、冗談のわからない男ね！」

ぷいっと英理子が顔をそらせた。

「ドラゴン……か」

竜司はそっと少女を見つめた。黄金色の髪をした、普通の外国人にしか見えない。

だが、あの火を使う能力。それに手のウロコ——竜紋。

それにファングが運んでいた少女。

本物の——ドラゴン。

「で、どうするんですか？」

「そうね……」

英理子が上《うわ》の空で答えた。頭の中でいろいろ計算を巡《めぐ》らせているのだろう。

「この場合、やっぱり世界遺物保護協会《ソサエティ》に連絡ですかね」

「うーん……」

歯切れの悪い返事だ。

「……英理子さん、まさかこの子をマニアに売りさばこうとか思ってるんじゃないでしょうね」

英理子の眉《まゆ》がぴくりと動いた。

「あんたね！　私をなんだと思ってるの!?　没落《ぼつらく》したとはいえ、七尾《ななお》一族の末裔《まつえい》なのよ！　そこらのコレクターと一緒にしないで！」

さかのぼれば江戸から続くという七尾一族は業界では名が通っている。英理子も若くして、この業界にコネだけは山ほどあるのだ。

「私が考えてるのはね、どうやったら協会《ソサエティ》に恩を売れるかってことよ！」

「英理子さん、まだ申請《しんせい》を却下されたことを根に持ってるんですか……ファングの手から貴重な遺物《ロスト・プレシャス》を取り返したんですから、その功績は認められますよ」

「じゃあ、公的機関として認可されると思う？」

「う……それはわかりませんけど」

正直、認可は難しいと思う。日本で認可されている団体はわずかだし、そのどれもが二十年以上のキャリア、十人以上のメンバーを擁《よう》しているはずだ。いわば、老舗《しにせ》の和菓子屋が連なる通りに、流れの屋台が来て仲間に入れろと言っているようなもので——。

「じゃあ、連絡しなーい！」

「英理子さん！」

竜司の悲痛な声に、英理子はぷいっと顔をそらせた。

そして、まじまじと少女を見つめたかと思うと、ポンと手を叩《たた》いた。

「とりあえず、名前がないと不便よね！　ねえ、『ローズ』はどうかしら」

「ローズ？」

「ほら！　この手の甲にある、紅色のウロコみたいなやつ。パッと見るとバラみたいでしょ」

竜司は自分の膝の上を定位置にしている少女を見た。

かぐわしい芳香《ほうこう》、華やかでいて高貴な赤いバラのイメージがぴたりと重なった。

「ローズか……」

「ろーず？」

少女の唇《くちびる》が動き、正確に竜司の言葉を真似《まね》た。

「そうよ！　ローズ。あんたの名前よ」

英理子が満足げに言った。

竜司は話をはぐらかされたことにようやく気付いた。

「話を誤魔化《ごまか》さないでください！　いいですか、ドラゴンなんて僕らの手には負えません！　個人が勝手に保護しているとわかったら、それこそ協会《ソサエティ》に睨《にら》まれて、業界から追放されますよ！」

「わかってるわよ。『至宝《しほう》は人類のもの』でしょ？」

単なる遺物《ロスト・プレシャス》、ではないのだ。その存在自体が奇跡の生き物――それがドラゴンだ。

英理子がしぶしぶ、世界遺物保護協会《ソサエティ》が掲《かか》げている、また発足の元になった思想を言った。

「そのとおりです。宝が散逸《さんいつ》したり、不当な扱いを受けないように協会《ソサエティ》があるんですから」

「宝を公平に管理し、適正に保管する権利は協会《ソサエティ》にある、って浸透《しんとう》させたいのよね。表面的には正義を振りかざしているけど、協会《ソサエティ》発足メンバーや、大口の寄付をしている団体や個人が優遇されているのも事実よ」

「でも、誰かが仕切らなければ、めちゃくちゃだ」

世界遺物保護協会《ソサエティ》自体、確かに世界数十カ国から公認されている機関とはいえ、特定個人や団体、企業の援助金によって運営されているという側面がある。平等に思想を遂行《すいこう》できるかと言えば、心もとない。だが、それでも多くの人間の目にさらされている分、ある程度ルールに沿《そ》って動いている唯一《ゆいいつ》の機関なのだ。

その定めたルールの一つが、Ｓランク以上の遺物《ロスト・プレシャス》は協会《ソサエティ》に認定されない限り、組織や個人が持ってはいけないということ。

　だからこそ、闇《やみ》での取引が絶《た》えず、ブローカーは暗躍《あんやく》し続ける。

「わかってるわよ。独り占めしたりしないわ。でも、とりあえずは彼女も疲れてるだろうし、連絡は明日でいいでしょ?」

　英理子の目が輝《かがや》いている。七尾家は有名なコレクターの血筋。貴重な〝宝〟をそばに置いていたいのだろう。

「ね? ね? お願いー!」

　英理子が抱きついてくる。ぎゅうっとやわらかい体を押しつけられ、竜司は悲鳴《ひめい》を上げた。

「う、うわわわ! わかりましたよ!」

　英理子が満足げに微笑《ほほえ》むのを、竜司は複雑な思いで見つめた。こうやって竜司が慌《あわ》てるのを見て楽しんでいる節《ふし》がある。

「……身内って選べないからな」

「何か言った?」

　じろっと竜司を睨むと、英理子が楽しげにローズの前に立った。

「そうと決まれば、ゆっくりくつろぎましょ! ご飯も食べたし、お風呂入りましょうね~」

　英理子が優しくローズの手を取った。だが、すげなくその手は払われた。

「ローズちゃん。お風呂入りたいでしょ?」

　ぷん、とローズがそっぽを向く。相変わらず、英理子には素《そ》っ気《け》ない。

「ほら、ワガママ言わないの～」

肩に置かれた手を、ローズがばしっと払いのけた。警戒心《けいかいしん》も露《あら》わに、じりっと後ろへ下がる。

「いたた！　ちょっと竜司くん！　服を脱がすのを手伝ってよ！」

「なんで僕が！」

とんでもない言葉に、竜司は猛然《もうぜん》とくってかかった。だが、央理子は怯《ひる》まない。

「だってこの子、あんたの言うことしかきかないでしょ！」

竜司はぐっと詰まった。

仕方なく、竜司はローズのほうを見た。息を思い切り吸い込む。覚悟は決まった。

「ローズ、いいか。風呂に入るんだ。ちゃんと服を脱ぐ！」

ローズが困ったような顔で竜司を見つめる。

竜司は顔を赤らめながら、再度恥《は》ずかしい台詞《せりふ》を繰り返した。

「服を、脱ぐ！」

ローズは微動《びどう》だにしない。言葉はまったく通じていないようだ。竜司は仕方なく、手本として自分のシャツを脱いで見せた。

「こうやって、服を脱いで、それからお風呂に行くんだ。僕はその間、別の所にいるから」

こくんとローズが頷《うなず》いた。

竜司を見たかと思うと、ローズがえいやっとばかりに勢いよくワンピースをたくしあげた。

白い足、下着、そして腹が一気にむきだしになる。

続いて、思ったよりもずっと高さのある二つの白い丘が目に飛び込んできた。

丘の頂上には薄桃色《うすももいろ》の――。

「うわわわ！」

竜司は慌てて目をそらせた。

頭に一気に血が昇る。幸い、鼻血は出ていないようだ。

いきなり目の前で脱ぎ出すとは思わなかった。羞恥心《しゅうちしん》というものがないのだろうか？　やはりドラゴンの少女。人間とは感覚が違うらしい。

「え、英理子さん……なんとかしてください」

生身の女の子の裸《はだか》をこんなに近くで見るのは初めてだ。まだ心臓がバクバクいっている。ともすれば、視線を戻しそうになる自分を、竜司は必死で戒《いまし》めた。

「別に～。楽しそうじゃない？」

なぜか英理子は不機嫌《ふきげん》そうに、ぷいっと顔をそらせた。

「そんな意地悪言わないでください！」

必死で叫《さけ》ぶと、英理子がしぶしぶ立ち上がった。

「仕方ないわねえ、もう」

背後に回った英理子が手早く、タオルで竜司に目隠しした。

「わあ！　何するんですか！」

「これで、よし。さ、バスルームに誘導《ゆうどう》するわよ！　ローズの手を取って」

竜司は手探りでローズの手を摑んだ――つもりだった。だが、それはぐにゃりと竜司の拳《こぶし》の中でひしゃげた。

「きゃう！」

ローズが小さく悲鳴を上げた。

「それは触っちゃダメなとこでしょー!!」

いきなり脳天に肘《ひじ》が降ってきた。目から火花が出るような衝撃《しょうげき》を受け、竜司はノックアウトされたボクサーのように床《ゆか》に倒れ込んだ。

「うぐ……」

ずきずきする脳天を押さえつつ、竜司は立ち上がった。

「いきなり女の子の胸を揉《も》むなんて、もう！　ほら、これが手よ！」

英理子から押しつけられたのは、確かにローズの手だった。だったら最初からこうやってくれたらいいのに――。

竜司はローズの華奢《きゃしゃ》な手をそっと握《にぎ》った。必然的にその手の先にある裸身《らしん》が浮かぶ。そして、さっきの感触も。

やわらかかったな……それでいて弾力があって。お餅《もち》ともプリンともマシュマロとも違うあの感触――。

「竜司くん！」

英理子の鋭《するど》い声に、竜司は反射的にびくっと背筋を伸ばした。目隠しされているので見えないが、まなじりをつり上げ、鬼のような形相《ぎょうそう》をしているに違いない英理子が浮かんだ。

「ぼうっとしてないで行くわよ！」

なぜかプリプリと怒りながら、英理子が乱暴《らんぼう》に竜司の手を取ると歩き出した。

三人で手をつないでバスルームに行くという、奇妙な事態に困惑《こんわく》しながらも、竜司はよたよたと進んだ。

「さ、着いたわよ。後は任せてね」

どんと背中を突き飛ばされ、竜司はバスルームを追い出された。用済みというわけだ。

「はああ……」

目隠しをとり、竜司はへなへなと廊下《ろうか》にしゃがみこんだ。疲れた。本っ当に疲れた。しかもドラゴンと会うなんて――なんて日だ。もう寝よう。何も考えたくないときは、さっさと寝るに限る。英理子の家に泊まったときは、いつもゲストルームを使わせてもらっていた。あそこを借りればいいだろう。

ゲストルームに向かって歩き始めたとき、背後から悲鳴が聞こえた。

「ちょっ、ローズ！　落ち着いて！　竜司くんなら近くにいるから！　きゃあああ！」

ダムでも倒壊したかのような、激しい水音に衝突音《しょうとつおん》が続き——。

バスルームのドアが荒々《あらあら》しく開け放たれた。

「うわっ！」

竜司は思わず硬直《こうちょく》した。

廊下に飛び出してきたのは水びたしのローズだった。その白い身体に身につけているのは金色の首輪だけ。

目が合った瞬間、ローズの顔が輝いた。

「リュウジ！」

ローズの背後から、バスタオルを巻いた英理子が転がるように飛び出してくる。

「げっ！」

ローズが裸身《らしん》のまま、一直線に駆《か》けてきた。目をそらすことなどできない。

「リュウジ！」

そして——よける間もなく、ローズが体当たりしてきた。その勢いに、竜司はあえなく廊下にひっくり返ってしまった。

ローズはもう二度と離すまいとばかりに、水をしたたらせながら首に腕を回してくる。裸の体を抱きしめるわけにもいかず、竜司はただなすがまま、呆然《ぼうぜん》としていた。

まだ泡のついたままの濡《ぬ》れた金色の髪から、甘い香りが漂《ただよ》う。男なら誰しも陶然《とうぜん》としてしまうような芳香だ。

ローズの背後から、息を切らせた英理子がバスタオルをかぶせた。

「何やってんの！　イヤらしい！」

キッと英理子が睨んできた。その目は軽蔑《けいべつ》に満ちている。そんな視線を向けられるとは心外だ。竜司は抱きついているローズごと体を起こした。

「お、押し倒されたのはこっちなんですけど……」

「フン！　そのわりには妙に嬉《うれ》しそうじゃないの！」

「え……」

英理子はぎくりとした竜司に冷たい一瞥《いちべつ》をくれた。

「もう～、私じゃムリ！　あんたが入れなさい！」

バスタオル姿の英理子が憤然《ふんぜん》と言いはなった。その瞬間、体に巻いていたバスタオルがはらりと落ちた。

「きゃー!!」

英理子は慌ててバスタオルを引き上げたが、ローズよりずっとボリュームのある胸が竜司の目に焼き付いた。

あれはE……いやFカップくらいあるのでは。

そんな牧歌的《ぼっかてき》な想像は一瞬にして消え去った。

顔を真っ赤にした英理子が、鬼でも震《ふる》え上がりそうな形相《ぎょうそう》で竜司を睨んでいたのだ。

「見たでしょ！」

「見てません！」

竜司は顔を横に向け、必死で叫んだ。正直に答えたら最後、「記憶を消してやるわ！」とか言ってハンマーで頭を殴《なぐ》られるに違いない！ それどころか、「あんたの存在を消してやる！」という最悪の事態になるかもしれない。英理子ならやりかねない。七尾邸の広大な敷地には、人一人埋《う》めるくらいのスペースはいくらでもある。

「それならいいけど！」

不機嫌そうに言うと、英理子が今度こそ落ちないようにとばかりに、ぎゅうっとバスタオルをきつく体に巻きつけた。

「リュウジ！」

いきなり両手で頰をはさまれ、竜司の顔は強制的に動かされた。ローズが拗《す》ねたように唇を尖《とが》らせて、自分を見ている。

そうだ、ローズがまだ風呂の途中だ。

「英理子さーん！ これ、どうしたらいいんですか?」

力ずくで引きはがすこともできず、竜司は哀《あわ》れな声で助けを求めた。

「知らない！」

「そう言わずに！」

竜司はバスタオルでそっとローズの体を覆《おお》うと、英理子を指差した。

「いい？　彼女は危害を加えたりしないから、暴れないで。ね？」

必死で話しかけてみるが、やはりローズはきょとんとしている。濡れた金髪が頬や体にぴとりと張り付いて、このままでは風邪《かぜ》をひきそうだ。

「英理子さん、服を着せてあげてください」

「もう疲れたもん！」

「拗《す》ねてないでお願いしますよ！　大事なドラゴンでしょ？」

「……わかったわよ」

そう言うと、英理子は竜司に再び目隠しをした。

「え？」

「竜司くんも来るのよ」

「あ、あの……」

「竜司くんがいないと、ローズがめちゃめちゃ暴れるの！」

英理子が苛立《いらだ》った声を上げた。爆発寸前だ。

「お風呂くらいいいでしょ！　昔は一緒に入ってたんだし！」

「はい……」

何年前の話だ、だいたい論旨《ろんし》がすり替わっているじゃないか、と心の中でツッコミを入れたものの言葉にするほど命知らずではない。問答無用で竜司はバスルームに連れていかれた。

「はい、ローズ。竜司くんがいるからじっとしててね〜」

シャワーの水音がし、湯気がまとわりついてきた。竜司は雑念を振り払おうと、日本経済の景気回復における政策や、心待ちにしているアメリカのテレビドラマのセカンドシーズンについて考えを巡《めぐ》らせた。だが、それはローズの声にあぶくのように儚《はかな》く消えた。

「うぷっ！　う〜」

「ごめん、ごめん。ちょっと目に入っちゃったわね〜。もうちょっとの我慢《がまん》だからね〜」

しばらくして、ざぶんと大きな水音がした。どうやらローズが湯船につかったらしい。

「湯船で温まろうね〜。うわー、ローズが目を細めてる！　気持ち良さそうだよ、ほら！」

「目隠しして何も見えません……」

「私も入ろうっと！」

すっかり機嫌が直ったらしい英理子が湯船につかる音がした。

ほんの一メートルほど離れたところに、裸《はだか》の女性が二人。でも目隠し。

何の罰《ばつ》ゲームだこれは。

「竜司くんも一緒に入る〜？」

トドメの一撃が英理子から放たれた。

「‼」

竜司は鼻血を堪《こら》えるので精一杯だった……。

＊

試練のバスタイムが終わったときには、竜司は茹《ゆ》だったタコのように赤くふらふらになっていた。

廊下に出ると、竜司は大きいため息をついた。

「もう目隠しを取っていいですか……」

「いいけど、向こうむいててね。これから服を着せるから」

「僕はもうゲストルームに行きます……」

「待って！　竜司くんがいないとローズが暴れるでしょ！」

がしっと襟首《えりくび》を摑まれ、竜司はリビングに引きずられた。この波乱の夜はまだ終わりを告げないらしい。

正座した竜司の耳に、否応《いやおう》なく背後の衣擦《きぬず》れの音が届く。

「はい、ローズ。ほら、足入れて！　あんた本当に子どもみたいね……それとも貴族っぽいのかな。服を自分で着たことないの？」

う……どうやら下着をはいているらしい。

かんじざいぼさつぎょうじんはんにゃはらみったじしょうけん——竜司はうろ覚えの経《きょう》を唱え、必死で気を紛《まぎ》らわそうとした。こんな状況が続いては、さすがに理性が吹っ飛びそうになる。

「はーい、終わったわよ～」

般若心経《はんにゃしんぎょう》を十回繰り返したとき、ようやく英理子から声がかかった。ずいぶん長い着替えだった……まるで嫌《いや》がらせのようだ。

竜司はおそるおそる振り返った。

「え……」

竜司は一瞬、自分の目を疑った。

そこには、フランス人形そのもののローズがいた。

白い細やかなレースがふんだんに使われた豪奢《ごうしゃ》なドレスは、女性の衣服になどまったく興味も知識もない竜司でも、そこらで売っているものとは格が違うとわかる。

その隣で英理子がせっせとローズの長い髪を編んでいる。

「英理子さん、何やってるんですかー！」

「服を着せてるんだけど……」

「どっから出したんですか、そのお姫様みたいな服！」

「私の、だけど」

金色の髪に器用にレースのリボンを結びながら、英理子があっさり言った。

「え？」

「私のお古よ。これは十三歳の誕生日にフランスであつらえてもらったドレスなの。ラッセルレースが素敵《すてき》でしょ！　私、オーダーメイドの服は全部置いてあるのよ」

「は……あ……」

リビングの斜《なな》め向かいにある衣装部屋には、オーダーメイドのドレスがずらりと並んでいるのか。そう言えば、英理子は生粋《きっすい》のお嬢《じょう》様だった。

「私の服じゃローズにはちょっと大きいでしょ。だから中学生のときの服を貸したの。何か悪い？」

「い、いいえ……」

英理子に詰め寄られ、竜司はじりっと下がった。

「この服、ローズに似合わない？」

「いえ……」

むしろ驚くほど馴染《なじ》んでいると言わざるを得ない。

おとぎ話に出てくるお姫様のような腰を越す長い金髪に、大きな青い瞳《ひとみ》。非の打ちようがないほど整っている小さい白い顔。

着る人を容赦《ようしゃ》なく選ぶであろうドレスは、そんな彼女が持つ本来の気品や美しさをより際《きわ》だたせた。

「ほらー、見とれちゃうでしょ！」

「うぐっ」

英理子が肘で脇《わき》をつついてきた。結構痛い。

ローズがじいっと竜司を見つめた。

そして、ドレスをひらめかせながら寄ってくると、竜司の隣にちょこんと座る。こうやってじっとしていると、本当に等身大の人形のようだ。

見とれていた竜司は、いきなり瞬くフラッシュの光に目を細めた。

「……何やってるんですか、英理子さん」

竜司はデジタルカメラを構えた英理子をうんざりとして見た。

「だって可愛いんだもん！　ほら、ローズ。こっち見て！」

「はあ……」

この緊張感のなさは何なんだろう。確かにローズは一見すると、驚くほど綺麗《きれい》な少女、というだけだが、ドラゴンなのだ。気楽な英理子が心底羨《うらや》ましい。

気付くと、ローズがまじまじと遠慮《えんりょ》のない視線を向けてきていた。僕の顔なんか見て、何か面白いんだろうか。その心の奥底まで覗《のぞ》き込もうとするような視線にいたたまれず、竜司はテレビのリモコンを手に取った。

40インチの大画面に、今売り出し中のアイドル女優の顔が大写しになった。

ローズがびくっと肩を上げ、ぎゅっと服を摑んできた。

「あ、びっくりした？　ごめん……テレビはもしかして、初めて？」

ローズは体を強《こわ》ばらせたまま、じっとテレビを見つめている。

見た目は完全に人間の女の子でも、やはり育った環境などが全然違うのだろう。彼女のエキセントリックな行動も、そう思えば納得がいく。

だが、竜司にはどうしても気になることがあった。

なぜ、ローズはこんなにも自分に懐くのだろう。生まれてこの方、女の子にこんな風にまとわりつかれるのは初めてだ。英理子さんの嫌がらせはこの際、除外する。

美しい女の子に慕《した》われると、喜びよりも困惑が先に来る。

「なんで？　って言っても……わからないよな」

食い入るようにテレビを見つめるローズに、竜司は独り言のように呟いた。

画面では、アイドル女優がせっせと愛しい恋人宛てに手紙をしたためている。深夜という時間帯の割に、高視聴率をたたき出しているドラマだ。ベタベタで、思わずツッコミを入れたくなる展開が受けているらしい。かく言う竜司もついつい見てしまう。

今日はヒロインがライバルの女の罠《わな》にかけられ、恋人の愛を疑《うたが》い、別れを決意するというシーンから始まっている。しかしなぜ今時、手紙なんだ。メールか電話があるだろ。と、竜司はいつものようにつっこんだ。

それから三十分。

ローズは身動き一つせず、画面に見入っていた。その表情は真剣そのものだ。

「面白いかい?」

思わず声をかけると、ローズがきょとんとした顔で竜司を見た。

「おもしろい、か?」

そうだ、この子は日本語がわからないんだった。

竜司はあたふたとジェスチャーで言葉の意味を伝えようとしたが、当然ながらうまくいかない。『面白い』って、どんな身振りで説明すればいいのだ。へたくそな盆踊《ぼんおど》りもどきを披露《ひろう》した自分に恥《は》ずかしくなった。

まだ、言葉のほうがマシだ。

「えーと、えーと……楽しくて好き、ってこと」

ローズが首をかしげる。

「たのしくて、すき?」

「ごめんごめん、そんなこと言ってもわからないよな」

　つい、うっかり話しかけてしまった。竜司が立ち上がろうとすると、ローズが慌てたように竜司のシャツをつかんだ。

　捨てられそうになった子犬のような、すがりつくような目。言葉が通じなくても、ローズが何を言いたいのかくらいわかる。

「大丈夫。どこにも行かないよ」

　そう言ったが、ローズはきゅっと唇をかみ、今にも泣きそうな目でこちらを見つめたままだ。

「ちょっと立ち上がろうとしただけ。お茶、飲みたくてさ」

　竜司は身振り手振りで、なんとか伝えようとしたが、ローズの心細そうな表情は変わらない。

　竜司はひとつため息をつき、ソファにもたれかかった。

「わかった。そばにいるから。な？」

「そばに、いる？」

「そう。そばにいる」

　ローズにほほえみかけると、ようやくその体から緊張がとけた。

　こっくり頷くと、ローズは安心したように、またテレビに目を向けた。片手でしっかりシャツを握りながら。

まあ、いいか。

お茶を諦《あきら》め、竜司はローズに付き合うことにした。

テレビでは主役たちがラブシーンを演じている。

「私、あなただけを愛してるの！　他には何もいらない！」

情熱的に女が言い放ち、背の高い美形の男に抱きついた。男がぎこちない仕草で、女の体に腕を廻《まわ》す。小学校の学芸会でも、もうちょっとマシな演技をするだろうという大根役者ぶりだ。

「あなただけ、あいしてる」

「え？」

ローズが真剣な表情で自分を見ていた。思わず、ドキッとしてしまった竜司は、ローズが画面の台詞《せりふ》を真似ていることに気付いた。

びっくりした。

もしかして——言葉を覚えようとしているんだろうか。

竜司が無言で考え込んでいると、ローズが再びテレビに向き直った。

声をかけるのもためらわれるような真剣な眼差しで、ローズはテレビ画面を見ていた。

＊

「ローズのベッド、どうしようかしら」

そろそろ寝る時間、ということで、英理子は張り切って再びローズを着替えさせた。それならば最初から寝間着に着替えさせておけば――という竜司の理論的かつ建設的な意見は、英理子という名の暴君に紙くずのように丸められ、投げ捨てられた。女というのはいくつになっても着せ替え遊びが大好きらしい。

これも英理子のお下がりという、レースがふんだんにあしらわれたナイティを着たローズは竜司から離れない。

「……ゲストルームにキングサイズのダブルベッドがあるから竜司くん、よろしくね」

「ええ⁉　一緒に寝るんですか？　それはちょっと……」

仮にも相手は女の子だ。同じ布団《ふとん》で寝るなんて、冗談じゃない。

「そうよねえ……じゃあ、別の部屋に寝る？」

「当たり前でしょ！」

「あー、はいはい。じゃ、ローズ、こっちに行こう」

英理子が手を取ろうとしたが、ローズは素早く身を引き、竜司の背後にさっと隠れた。

「……なんか私が悪者みたいね」

英理子の片眉がぴくっと上がった。剣呑《けんのん》な雰囲気に、竜司は身が縮まる思いだった。英理子は機嫌が悪くなると、何をするかわからない。

「竜司くん、何とかしてちょうだい」

「はい！　わかりました！　こっちだよ、ローズ」

手を引いてゲストルームに連れていくと、竜司はローズに手を振ってみせた。

「じゃあ、おやすみ」

ドアを閉めた瞬間、悲鳴のような声とともにドアが連打された。激しい衝突《しょうとつ》音《おん》などが後に続く。

「リュウジ！　リュウジ！」

ローズが拙《つたな》い発音で叫んでいるのは、まぎれもなく自分の名前だった。そのあまりに悲痛な声に、英理子がたまらず耳をふさいだ。

「竜司くん！」

「はい！　すいませんでした！」

ドアを開けると、目を真っ赤に腫《は》らせたローズが飛びついてきた。

「リュウジ……リュウジ……リュウジ……」

しゃくりあげながら、ひたすら自分の名前を連呼するローズに、竜司は赤ん坊を捨てたような罪悪感に襲《おそ》われた。

「ごめんな……」

よくわからないが、謝らずにはおれなかった。ぐすぐす鼻を鳴らすローズの頭をそっと撫《な》でる。すべすべした髪の感触が心地いい。

「竜司くん」

背筋が凍《こお》るような低い声に、竜司はびくりとして英理子を見た。

「これは命令です。ローズと一緒に寝なさい」

「は？」

くいっと英理子がゲストルームのほうへ顎《あご》をしゃくった。

ローズを抱えながら部屋を覗いた竜司は絶句《ぜっく》した。

巨大なベッドはひっくり返り、北欧製《ほくおうせい》の椅子《いす》の脚は無惨《むざん》に折れ、壁には大穴が開いていた。まるで竜巻《たつまき》にでも襲われたかのような惨状《さんじょう》だ。

「わかった!?」

「わかりました……」

確かにこれでは、屋敷ごと壊されかねない。見た目は華奢《きゃしゃ》だが、内に秘めているパワーはやはり尋常《じんじょう》ではないようだ。

竜司はローズを連れて、隣のゲストルームに入った。

「さて、寝るか……」

広いベッド。そして傍《かたわ》らには、ナイティを着た金髪の美少女。

「眠れるわけないだろ……」

新手の拷問《ごうもん》か、これは。竜司はなるべくローズを見ないようにして、ベッドに寝かせた。

「いいか？　大人しく寝るんだぞ」

ベッドが広いのが、せめてもの救いだ。竜司はベッドの端《はし》、ぎりぎりのところに寝転がった。

ぴと。

背中に温かく柔らかい感触――振り返らずとも、ローズがひっついてきたとわかる。

「ローズ！　離れろってば！」

思わずカッとなった竜司は、ローズがふるふると小刻みに震えていることに気づいた。

「寒い、のか？」

意味がわかるのかわからないのか、ローズは小さく頷いたまま体を震わせている。

「〰〰〰しょうがないな！」

竜司は観念した。ベッドの真ん中に寄ると、ローズが待っていたとばかりに、ぎゅっと体を押しつけてきた。

幸せそうに、ほにゃあと微笑むローズを見ると、何も言えなくなった。

「……くっ」

竜司は観念し、目を閉じた。

こいつはドラゴン。そう。は虫類の怪物。ごつごつして、鱗《うろこ》があって、恐ろしい生き物で――。

「リュウジ」

甘えたような小さいつぶやきに、ドラゴンの幻影《げんえい》はもろくも崩《くず》れ去った。

「すぴー」

安心しきった表情で、ローズは寝息を立て始めた。ほんのり香る、甘い匂い。すべすべした艶《つや》やかな肌や髪の感触。温かく柔らかい体。

「じ、地獄《じごく》かここは……」

いつもは一人、静かなマンションの一室で眠りにつくというのに。

「うう、うう……かんじざいぼさつぎょうじんはんにゃはらみったじしょうけんごうんかいくう……」

追いつめられた竜司は再びお経を唱え始めた。その声は、一晩中、やむことはなかった。

＊

翌朝——。

竜司は人の気配《けはい》を感じ、ゆっくり目を開けた。息がかかるほどの距離に英理子の顔があった。

「わわー！」

飛び起きた竜司に、英理子がウィンクしてみせた。

「おはよ。ローズを襲《おそ》ったりしなかった？」

「す、するわけないでしょ！」

かたわらですうすう寝息を立てていたローズが身じろぎをした。

「こっちはよく眠れたみたいね」

英理子が竜司の真っ赤に充血した目を見て、くすりと笑った。

「竜司くんは完徹《かんてつ》かな？」

「一晩中、般若心経を唱えるという貴重な体験をさせてもらいましたよ……」

我ながらどこの修行僧かと思うほどの集中力だった。精も根も尽き果てた竜司は、恨《うら》めしげに英理子を見つめた。

「今日はちゃんとこの子を届けるんでしょうね」

「まあね」

英理子が目をそらせる。それはすなわち、後ろめたいということだ。

「英理子さん！」

「はいはい、わかったわよ。とりあえず、朝ご飯食べましょ！　ほら、早く作って！　ローズにご飯を食べさせないと！」

「わかりました……」

竜司はパジャマを脱ごうとして、自分に向けられた熱い視線に気づいた。じっとローズが見つめている。

「え、えーと」

ゴホンと咳払《せきばら》いしたが、ドラゴンの少女にそんな遠回しな合図が通じるわけもない。ローズは首をかしげている。

「あっち、向いてて」

竜司はローズに歩み寄ると、その肩に手をかけた。ゆっくりと向きを変える。

よしっとパジャマのボタンに手をかけると、ローズがくるりと顔を向けてきた。

「あのさ、着替えるからこっちを見ないで」

ローズがふるふると首を振った。

「いや。リュウジを、見ていたい」

はっきりと、ローズはそう言った。

「え？」

「ええ!?」

竜司と英理子は慌ててローズを見つめた。

「しゃ、しゃべれるの？」

ローズがこくりと頷いた。

「すこし、だけ。テレビ、おぼえた」

「テレビって……」

昨日、熱心にテレビを見ていたローズ。だが、二、三時間テレビを見ているだけで、これほど習得できるものなのか。

「すごい吸収力ね」

英理子が興奮気味《こうふんぎみ》にローズを見つめる。

「とにかく、着替えるから。あっち向いてて」

「いや」

ローズが頑《かたく》なに首を振る。まさかNOと言われるとは思わなかった竜司はそのまま固まってしまう。

「しょうがないわね～！　もう！」

膠着《こうちゃく》状態を解除すべく、英理子がシーツをつかんだ。

「朝っぱらから、いちゃいちゃして！　ほら、これでカーテンを作ればいいでしょ」

闘牛士《とうぎゅうし》のように、さっと英理子がシーツを両手で掲《かか》げた。

「……英理子さん、こっち見ないでくださいね」

「ハイハイ」

英理子の生返事《なま》に不安を覚えつつ、竜司はパジャマのボタンに手をかけた。

そのとき、サラリと音がし、目の前に金色の髪が見えた。

息がかかるほど近くに、ローズの顔があった。

「リュウジ、てつだう？」

シーツのカーテンをあっさりくぐったローズがパジャマに手をかけていた。

「い、いい！　自分でできる！」

「竜司くんがもたもたしてるからよ！　よし、私も手伝うか！」

ニヤッと笑った英理子もパジャマに手を伸ばしてきた。

「てつだう……うう」

ローズが真剣そのものの表情でボタンを外そうと苦戦している。

「いいって！　ローズ！」

「ほら、ローズ。ボタンはこうやって外すのよ～」

「余計なことを教えなくていいですから！　英理子さん！　ちょっ、下は！」

穏《おだ》やかな朝陽が差し込むゲストルームに、竜司の哀《あわ》れな悲鳴がこだました。

＊

何とか二人の手を逃れ、制服を抱えたままトイレに入って着替えた竜司は深いため息をついた。十キロマラソンを終えた直後のような疲労が襲ってくる。たかだか朝の着替えでこんなに体力を消耗《しょうもう》するとは。

一人きりの穏やかで静かな生活に慣れきっていた竜司には、朝から元気いっぱいの女性二人に囲まれるという事態はキツかった。

よろよろとトイレから出ると、竜司はキッチンに向かった。エプロンをつけ、朝ご飯にとりかかる。

根っからお嬢《じょう》様育ちの英理子は家事を一切しない。対して竜司は、両親が放任主義のせいで子どもの頃から一人暮らしが多かったので、それなりに手際《てぎわ》よくこなせる。

「わー、いい匂い！　竜司くん、もういつでもお嫁《よめ》にいけるわね！」

焼いたマフィンにバターを塗り、ハムや野菜をはさんでいると、英理子が後ろから覗き込んできた。

「英理子さんは一生無理ですね」

「何言ってるのよ！　『英理子は何もしなくていいんだよ。きみは僕のお姫様なんだから』って言ってくれる人と結婚するんだから！」

「……まだ寝ぼけているんですか？」

ゴチンとフライパンで竜司を一撃のもとに倒すと、英理子は憤然《ふんぜん》とリビングに向かっていった。幼い頃からの力関係を覆《くつがえ》すのは難しい。

テーブルに皿を並べると、ローズが嬉しそうに手を伸ばした。

「あ、ダメ！　熱いから！」

竜司は慌ててローズの手にフォークを握らせた。昨日も感じたが、ローズは基本的と思える生活行動ができない。

「いったいどうやって生活してたんだ？」

もぐもぐとスクランブルエッグを頰張りながら、ローズが言った。

「やってくれる」

「誰が？」

ローズが首をかしげる。一生懸命、言葉を探しているようだ。

「イリーナ」

どうやら人の名前のようだ。イリーナ――ロシア系なのだろうか。

「イリーナって誰？」

「……おてつだいさん？」

ローズが首をかしげながら言う。

そのまま手を頭に持ってきて、何やらゼスチャーを始めた。

「もじゃもじゃ」

「毛がもじゃもじゃ？」

さっぱりわからない。イリーナという名前だとすると女性のようだが、もじゃもじゃ――。

だが仕方ない。ローズ自身もまだ日本語を覚え立てで――というか、異常なハイスピードで習得しているわけなのだが――語彙《ごい》が乏《とぼ》しいのだ。

「どういう環境で育ったのかしら。もうちょっと言葉を覚えれば解明できるんだけど」

英理子がじっとローズを見つめた。

「でも、きっと幸せに暮らしていたのよね。肌だってすごく綺麗《きれい》だし、髪も手入れされている。なのに、そんな安全で快適な場所から、ファングの奴らにいきなりさらわれたのね。可哀《かわい》相《そう》に！」

がしっと英理子に抱きつかれたローズがゆっくり首を振る。

「自分で、出た」

「そうなの？」

英理子が勢いを削《そ》がれたように、ローズを見た。

「出たら、捕まった」

「どこに住んでたの？」

「山の奥。ずっと奥」

「ううーん、わからない……ローズ、もっと勉強しましょ！」

「英理子さん……目が輝いてますよ」

「だってドラゴンの住みかなんて、すごい情報よ！」

今すぐにでも旅立ちかねない勢いで、英理子が叫んだ。その目の輝きは尋常《じんじょう》ではない。相変わらず、遺物《ロスト・プレシャス》のこととなると人が変わる。ウチの親みたいだ。

そう思った瞬間、また胸に刺すような痛みが走った。

「くっ……」

竜司は胸の辺りを強く握った。

「大丈夫？　竜司くん」

英理子が心配そうに顔を覗き込んでくる。

「ええ……すぐ収まりますんで」

「こういう発作《ほっさ》、よくあるの？」

「ええ、時折」

最近では、親のことを思い出すだけでなく、毎晩寝る前にも発作が起きるが、竜司はあえて言わなかった。心配をかけるだけだ。

「病院には行った？」

「ええ……でも、特に異常は見つかりませんでした」

この発作が起こるようになったのは二年くらい前だ。さすがに心配になり病院には行った。だが、器質的な異常は見付からず、精神的なものではないかと診断《しんだん》された。特にストレスを感じているとも思えず、命にかかわる病気というわけでもないので放っておいている。

痛みは突発的で激しいが、体を丸め、強く胸のあたりを握りしめていると、しばらくすれば消える。今ではもう、慣《な》れてしまった。

「とにかく、日本支部への連絡を忘れないでくださいね」

「わかってるわよー。でも事務局は十時からなんだもの。それに連絡したって、ここに来るのに時間がかかるわよ。その間、ローズにいろいろ教えなきゃ」

朝ご飯を終えると、英理子がどっさり本を持ってきた。

「さあ、何から教えようかしら。ほら、竜司くんからも言って！」

「えーと……頑張って勉強してくれ」

「べんきょう……リュウジ、うれしい?」

ローズの真摯《しんし》な眼差しに気おされそうになりながら、竜司は頷いた。

「そりゃ、いろいろ話せるようになってくれたら嬉しいよ」

ローズがこくんと頷いた。

「わかった」

「あ、そうだ。ローズ」

かなり意志の疎通《そつう》ができるようになっている。竜司は前から気になっていたことを尋《たず》ねた。

「……あのさ、なんで僕にだけ懐くんだ?」

だが、その質問は難しかったようで、ローズは首を傾《かし》げた。

英理子が助け舟を出してくれる。

「ローズは竜司くんが好き?」

「すき!」

ローズが間髪《かんはつ》を容《い》れず答える。

「どうして、好きなの?」

竜司は思わず息を呑《の》んで答えを待った。まさか、英理子が言うように、名前に『竜』がつくからなんて理由じゃあるまい。

ローズがじっと見上げてくる。

か。

　想像以上に真っ当な答えが返ってきた。さらわれたところを助けくれた恩義を感じているの
「たすけて、くれた」

か。

「いやー、別に僕が助けたわけじゃ……」

　助けたって言うならば、どちらかと言えば英理子のお手柄《てがら》だろう。

「リュウジ、すき」

　じいっとローズがこちらを見つめてくる。一途《いちず》なまでのその青い瞳。

「え、えーと……」

　あまりにストレートな愛の告白に、なんと答えていいのかわからない。

　距離を取ろうと後ずさった竜司の腕に、ローズがぎゅっとしがみついてきた。

「リュウジ、すき！」

　右腕になめらかな肌がからまる。やわらかいものが押しつけられた。そこだけが熱を帯びていく。

「あー、何やってるの、面白そう！」

　英理子が楽しげに言うと、左腕にからみついてきた。

「私も竜司くんが好き～！」

　ローズとはまた違う、沈《しず》み込むような深い弾力のある胸が押しつけられた。

「なっ！」

目が合うと、英理子がにやりと笑った。このひと、わざとやってるな！

だが、脳が煮《に》えたっているようで、言い返す言葉すら出てこない。汗が噴《ふ》き出てくる。なんとか逃れようと力なく手を振ってみたが、ふたりともしがみついて離れない。

動悸《どうき》が激しくなり、顔が火照《ほて》ってくる。頭がぼんやりと霞《かす》む。

「こーんな美女ふたりに抱きつかれるなんて、この幸せものー！」

英理子がくすくす笑いながら、ますますからめる腕に力をこめた。

やわらかく温かい感触やほのかな甘い香りがまとわりついて、竜司は嬉しいんだか苦しいんだか、よくわからなかった。ただ、ついぞ感じたことのない、甘酸《あまず》っぱくも懐《なつ》かしい思いが胸に去来し、竜司を戸惑《とまど》わせた。

＊

「はう……」

口癖《くちぐせ》を呟くと、江藤実咲《えとうみさき》はそびえ立つ格子《こうし》の門の前にじっと立ちつくした。

格子《こうし》の門の向こうには庭園といったほうがいいような広い前庭が広がり、その奥に二階建ての洋館がどっしりとたたずんでいる。

普通の一戸建てが連なる町内で、この豪邸《ごうてい》は明らかに異彩を放っていた。

ご近所とはいえ、竜司と違って実咲は七尾家とは親戚《しんせき》関係にはないし、一風変わった七尾の一族とは昔からあまり交流がない。三年前に七尾家が海外に行ってからはまったく没《ぼつ》交渉だ。

「はう〜〜〜〜〜どうしよう……」

親や兄からは「変な声を出してみっともない！」と怒られてしまう口癖は、主に動揺《どうよう》したときに使われるが、本人にその自覚はない。

実咲は手にしたプリントをぎゅっと握った。昨日、慌《あわ》ただしく夏期講習を早退した竜司が忘れていったものだ。竜司に会うチャンスと思い、届けに行く役目に立候補《りっこうほ》した。

担任から住所を聞いて勇《いさ》んで向かったマンションに、残念ながら竜司はいなかった。

がっかりした実咲だが、竜司の居場所に一つ心当たりがあった。昨日、竜司を連れていった英理子の家。つまり、自分の家の斜め向かいにある七尾邸に竜司がいるのではないかと思ったのだ。

だが、気後《きおく》れしてインタホンがどうしても押せない。

自宅マンションならともかく、たかだかプリントを渡すために親戚の家まで押しかけるなんて、ストーカーだと思われやしないだろうか。

引き返そうという気持ちと、それでも竜司と言葉を交わしたいという気持ちの板挟《いたばさ》みとなり、実咲はもう十分もインタホンの前で立ちつくしていたのだ。

「はう……竜司くん、英理子さん家《ち》に泊まったのかな……」

三年前より数段大人び、美しくなった英理子の姿が浮かぶ。そしてあの露出《ろしゅつ》の多い服装。

もしかして、二人は昨日の夜――。

実咲はブンブン頭を振って、忌《い》まわしい想像を振り払った。

「そんな……二人はハトコだもの！　そんなイヤらしい関係に……ハトコって結婚できるんだっけ」

実咲はがっくり肩を落とした。

「やっぱり無理なのかなあ……私なんか」

竜司と出会ったのは中学校だった。その頃から、竜司はアホな子犬のようにはしゃぎ回る同級生の男の子とは一線を画していた。同じ教室にいても、どこか別世界の人間のような孤独な雰囲気《ふんいき》がつきまとっていた。

竜司は決して人付き合いが悪いわけではない。話しかければ、誰とでも普通に会話をする。

だが、友達と笑い合っていても、その目は常にどこか遠くに向けられていた。

どこか陰のある眼差しや、時折垣間《かいま》見える大人っぽい雰囲気が、実咲の心を捉《とら》えて離さなかった。

偶然、近所に親戚である七尾家があったことで、実咲は竜司と気軽に話せる関係になった。

高校も竜司と同じところに行きたくて、必死に勉強をした。

付き合いはもう三年以上になるのに、まだ竜司はほとんど心を開いてくれない。竜司の前には目に見えないドアがあって、声をかければほんの少しだけそのドアを開けてくれる。だが、その隙間《すきま》からは竜司の姿がほんの少ししか見えない。

ドアをもっと開いてほしくて一生懸命話しかけても、その隙間の広さは変わらない。ドアは頑丈《がんじょう》で重そうで、どうやったらそのドアをもっと大きく開けてもらえるのか、実咲には見当もつかなかった。

「でも……諦めないもん……」

ドアの前に立たなければ何も起きない。実咲はそう思っている。これからも何度でも竜司に声をかける機会を作るつもりだった。

家族からも友人からも、シャイでちょっと鈍《にぶ》くてちょっと変わっているけれど、普通の子――と評されている実咲だったが、その実、粘《ねば》り強く、意外に行動力もあった。

そんな実咲だったが、やはり土壇場《どたんば》で躊躇《ちゅうちょ》してしまった。

「私、なんだか場違い……だよね」

白いブラウスにチェックのスカートという高校の夏服を規定どおりに着て、黒髪をシンプルなボブカットにしている自分が、やけに野暮《やぼ》ったく思えた。

必死で振り絞った、なけなしの勇気がみるみるうちにしぼんでいく。

来るんじゃなかったかな……。

じりじりと日差しが照りつけるなか、実咲はじっとインタホンと見つめ合った。

でも……ここで帰ったら絶対後悔《こうかい》する。

「が、頑張れ、私！」

己《おのれ》を鼓舞《こぶ》し、震える指先をインタホンに近づけたその瞬間、バラバラバラという重低音が頭上で聞こえた。

見上げると、小型のヘリがちょうど屋敷の上を旋回《せんかい》している。

「なんだろう?」

同時に、自動車の排気音《はいきおん》が近づいてきた。

「わ、わわ！」

鋭いブレーキ音とともに、黒塗りの高級車が三台、屋敷の門前に停まった。

「え?　ええ?」

実咲がおろおろしているうちに、車から黒スーツにサングラスの巨漢が数人下りてきた。

「マ、マフィア?」

昨日見たハリウッド映画を思い出し、実咲は門に張り付いた。

最後に車を降りてきたのは、眼鏡《めがね》をかけた、白衣の小柄《こがら》な男だった。鼻息も荒く、こちらに大股《おおまた》で近寄ってくる。

マフィアのボディガードに囲まれたマッド・サイエンティスト!?

実咲の脳裏《のうり》にはそんな言葉が浮かんだ。実咲はハリウッド映画が大好きだった。

白衣の男はインタホンの横で門にへばりついている実咲を見た。

「はうっ！　殺される⁉」

一瞬、眼鏡の奥の目が大きく見開かれたが、白衣の男は笑顔を浮かべた。

「失礼、お嬢さん」

細い指でインタホンを押すと、白衣の男は見た目よりハスキーな声で話した。

「日本支部から要請《ようせい》を受けて参りました。戸倉《とくら》と申します」

ぽかんとしている実咲の前で、門がゆっくり左右に開く。

颯爽《さっそう》と黒服の男たちを従《したが》え、戸倉が中へと入っていく。

すごい——本当に映画のワンシーンみたい。

「えーと、えーと……」

数秒ほど迷ったのち、実咲は思いきってインタホンを押した。

「今取り込み中だから後にして！」

英理子が一方的にまくしたてると、ガチャンとインタホンを切った。

実咲は呆然と門の前で立ちつくした。

3章　黒の龍撃

「うわー、ヘリまで来たよ。さすがドラゴンっていう言葉は威力《いりょく》があるわ」

呆《あき》れ気味《ぎみ》に言うと、英理子《えりこ》は窓から顔を引っ込めた。

日本支部に連絡して約三十分。さっそく専門の研究者と護衛《ごえい》の人間を寄越《よこ》してきたのだ。

竜司はそっとため息をついた。

「ドラゴンってやっぱりすごいんですね……」

「そりゃあ、そうよ！　伝説の生き物なんだもの！」

「いや、そうじゃなくて……」

世界遺物保護協会《ソサエティ》のデータベースでの扱いが気になっていた。特別会員専用のページでも、更《さら》にトップシークレットとされていたドラゴン。

何か、ドラゴンには協会《ソサエティ》が注目する特別な情報があるらしい。

そのとき、ドアがノックされた。

「はい、どうぞ～」

英理子の声を聞くや否《いな》や、ドアが勢いよく開けられた。

そこに立っていたのは、白衣を着た眼鏡《めがね》の男。そして、後ろにはずらりとプロレスラーのような巨漢《きょかん》が並ぶ。全員、一様にはちきれんばかりの体に黒スーツを着ている。

白衣を着た男が、にこやかに英理子に歩み寄った。

「七尾《ななお》英理子さんですね。お噂《うわさ》はかねがね。写真より御本人のほうがずっとお美しい！」

「あら、どうも」

英理子がまんざらでもなさそうに、普段とは違う優雅《ゆうが》な笑みを見せる。

「申し遅れました。私、世界遺物保護協会《ソサエティ》所属のドラゴン研究家、戸倉《とくら》と申します！」

白衣の男は爽《さわ》やかに自己紹介した。小柄《こがら》で童顔だが、その落ち着いた雰囲気から二十代後半くらいだと竜司は踏んだ。この若さで代表として派遣《はけん》されてくるとなると、見た目の柔和《にゅうわ》さに隠されているものの、かなりの切れ者なのだろう。

「それで――そのドラゴンの少女というのは？」

戸倉の声はうわずっていた。興奮《こうふん》を押し隠そうとしているのだろうが、その体から立ち上る熱いオーラがそれを裏切っていた。

「彼女です」

ローズを目にした途端《とたん》、戸倉の目が輝《かがや》いた。

「おおー、これは美しい少女ですね！　まずはドラゴンの証《あかし》である、竜紋《りゅうもん》を拝見させてください！」

いきなり猛牛《もうぎゅう》のごとく突進してきた戸倉に、ローズが怯《おび》えたのか竜司《りゅうじ》の背後に隠れた。

「ちょっと、落ち着いてください！　ローズはナーバスになっているんです」

「ローズ？」

戸倉がようやく竜司の存在に気づいたように、目をぱちくりさせながら竜司を見た。

「彼は如月《きさらぎ》竜司くん。私のハトコです。彼女の名前は、ないと不便なので私がつけたんです」

英理子の説明に得心したように、戸倉が頷《うなず》いた。

「ほう、ローズ……高貴でいて美しい。彼女にぴったりな名前ですね。さすが、女性の感性は素晴らしい！」

「あらそんな」

英理子が柄《がら》にもなく照《て》れたように口を押さえる。研究者とは思えないほど、戸倉は口がうまく、女性の心を捉《とら》えるのが上手いようだ。

戸倉がローズに対し、すまなそうな表情になった。

「いきなりまったく知らない人間たちに囲まれては神経質になるのも無理はない。きみたちは廊下《ろうか》で待機していてくれ」

ずらりと並んだ黒服の男たちが戸惑《とまど》いを見せた。と、リーダーらしき、オールバックの男が一歩進み出た。スーツを着ている上からでもわかる、鍛《きた》え上げられた体。護衛というより、殺し屋という雰囲気だ。

「ですが博士《はかせ》。ファングがいつ何時襲《おそ》ってくるかわかりませんし……」

「そのために空中からも見張っているんだ。何か異常があれば、すぐに連絡がくるだろう」

「私どもの仕事は護衛です。ターゲットを常に視認する必要があります」

戸倉と護衛のリーダーが睨《にら》み合う。一触即発という緊迫《きんぱく》した空気に、英理子が慌《あわ》てて仲裁《ちゅうさい》に入った。

「ちょっと、落ち着いてください！　このリビングは隣のダイニングと続き部屋になっているから、ドアを開けたまま、護衛の皆さんは隣室にいてもらうのはどうかしら？　それなら見えているから安心でしょ？」

英理子の提案に、護衛のリーダーがようやく頷いた。

「わかりました。ただ、窓のそばには寄らないでください」

「了解～」

英理子たちがソファに座るのを確認し、ぞろぞろと黒服の男たちが隣室に向かう。

「さて、これでいいですか？」

英理子が頷くと、戸倉がローズのほうを向いた。

「ローズちゃあ～ん。怖《こわ》くないから、ね！　ちょっと触らせてくれるかな」

戸倉がはあはあと、息も荒くにじり寄る。その姿はまるで腹を減らしたコモドオオトカゲだ。護衛たちに見せた厳《いか》めしい顔とのギャップに竜司は呆然《ぼうぜん》とした。

ローズが怯えたのは、黒服の男たちではなく、むしろ戸倉のこの興奮した態度ではないかと竜司は思った。それは英理子も同感だったらしい。

「気持ち悪い！」

英理子がソファから立ち上がると、壁に飾ってあった燭台《しょくだい》でスパーンと戸倉の頭を叩く。

遠慮のかけらもない一撃に、たまらず戸倉が床《ゆか》に倒れた。

護衛たちの間にざわめきが走ったが、意外にも誰も英理子を止めようとはしなかった。どうやら静観することにしたようだ。先ほどの言い争いといい、あまり護衛たちとは良好な関係が結べていないらしい。

「な、何をするんですか！」

頭を押さえながら、戸倉が涙目になった。

英理子が憤然《ふんぜん》と、腰《こし》に手を当てて戸倉を見下ろす。戸倉のがらあきのボディにトドメの蹴《け》りを入れないかと、竜司はひやひやとしてその様子を見守った。

「イヤらしい手でローズに触らないでよ！」

心外というように、戸倉が目を見開いた。

「ご、誤解です！　私はただ、ドラゴンかどうか確認させていただきたいと思って！　まだ幼《よう》体《たい》ということで、怯えさせないようにと優しく声をかけただけなのに！」

「……」

疑わしそうな視線を全員から向けられ、戸倉がムキになった。

「な、なんですか、その目は！　本当ですよ！　第一、僕には美しい婚約者《こんやくしゃ》もいるんです。ほら、これ、写真」

「……」

まったく疑《うたが》いが晴れた様子がないのを敏感《びんかん》に感じ取り、戸倉が携帯電話を取り出した。

「妄想《もうそう》じゃないですよ！　わかりました！　彼女を呼びます！」

「あー、はいはい。信じる信じる。でも、ローズに触るのは難しいわよ。竜司くん以外の人間はね」

英理子が武勇伝をひけらかすように、ひっかき傷を戸倉に見せた。

「まあ、逆鱗《げきりん》に触れるという言葉もありますしね……。でも、もう少し近くで見るだけでも」

「竜司くん、ローズを押さえてて～」

英理子の言葉に仕方なく竜司はローズの肩に手をやった。そっと這《は》いながら戸倉が近づいてくる。本人は気を遣《つか》っているらしいのだが、逆に不気味《ぶきみ》だ。むしろ普通に立って歩いてきてほしい。

「大丈夫。見るだけだからな」

ローズの左手の甲《こう》をじっと見つめた戸倉が急に立ち上がった。

「こ、これは間違いなく竜紋！　うおおお、すごい！　私は今、本物のドラゴンを目にしている!!」

ガッツポーズを作り、戸倉は天井に向かって叫《さけ》んだ。四つんばいになったり立ち上がって咆《ほう》哮《こう》したり、忙《いそが》しい人だ。

「あの、ローズが怯えるんで吠《ほ》えるのはやめてもらえますか？」

ローズは今にも泣きそうな目で戸倉を見ている。

戸倉が斜めにずれてしまった眼鏡を慌てて直した。

「し、失礼。つい、取り乱してしまって！　いやー、本物のドラゴンをこの目で見られるとは、本当に感激です」

「あの、見ただけでドラゴンってわかるんですか!?」

「この竜紋――赤いウロコ状のものを私たちはそう呼んでいますが――を持つ生き物はドラゴン以外ないですよ！」

戸倉がローズの手に埋《う》め込まれた赤い爪のような竜紋を潤《うる》んだ目で見つめる。

「赤い竜紋ということは、レッド・ドラゴンですね……。炎の化身――素晴らしい！」

「結局、ドラゴンって何なんですか？　僕はあの絵本とかに出てくるような、怪獣《かいじゅう》みたいな生き物だと思ってたんですけど」

「成体《せいたい》になれば、いわゆる『ドラゴン』の姿に変わることも可能です」

英理子から聞いた、特別会員用の情報と同じだ。あのページの情報はかなり信憑性《しんぴょうせい》が高いということか。

「じゃあ、ローズも……」

「彼女はまだ幼体ですので、変身は無理でしょう。せいぜい、背中の羽を出すくらいで」

「せ、背中に羽⁉」

英理子もそれは初耳と見え、同じように声を上げた。

その反応に満足そうに戸倉が続ける。

「生まれて十年くらいたてば、羽を出すことはできるみたいですが……。人間で言えば、第二次性徴期《せいちょうき》のようなものですかね」

「羽か……。そんなのお風呂に入ったときはなかったと思うけど。竜司くん、ちょっと見てみて！」

ぐいっと英理子に押され、竜司は慌てて反駁《はんばく》した。

「何言ってるんですか‼」

竜司は救いを求めて戸倉を見たが、残念ながらそこには味方はいなかった。

「ぜひお願いします」

深々と頭を下げられ、竜司は慌てて手を振った。

「無理！　無理ですよ！」

女の子の背中を見るなんて冗談じゃない！　いや、もう裸《はだか》は見たけど、あれは不可抗力《ふかこうりょく》であって！

竜司は誰かに責められているかのように、心の中で言い訳《わけ》を繰り返した。

「では、僭越《せんえつ》ながら私が」

しゅびっと手際よく、戸倉がポケットから出した薄手《うすで》のゴム手袋をはめた。手術前の外科医のようだ。

危険を察知したのか、ローズの右手が一閃《いっせん》した。カルタ取りの名人のような、電光石火で正確な一撃。

「あだあ！」

頰《ほお》を押さえた戸倉が床を転がる。頰には猫も真っ青の、見事なひっかき傷ができていた。

「うっ……ひどい……」

戸倉はなぜか竜司を恨《うら》めしそうに見た。大人の男の涙目に、竜司はたじたじとなった。

「ほら、竜司くんがやらないから！」

英理子にまでも責められる。そう言われると理不尽《りふじん》と思いつつ、罪悪感をおぼえてしまう。なぜだ。

「わかった、わかりました！　じゃあ、服の上から触ります！　それでいいでしょ！」

頬にひっかき傷をつけながらも、戸倉が目を輝かせた。

「ぜひ、お願いします！」

ドラゴンのためなら、多少の怪我《けが》はどうでもいいらしい。

「ちょっと背中に触るぞ？」

声をかけてから、竜司はそっと服の上から背に触れた。薄《うす》い布地越しに体温を感じる。

「うきゅ！」

突然、ローズが奇妙な声を上げて身をよじった。

「ど、どうした？」

「うう……」

ローズが頬を紅潮《こうちょう》させ、ぷるぷる体を動かしている。

「……くすぐったいんじゃない？」

その様子を見ていた英理子が言った。

「ほお……羽の付け根は敏感《びんかん》なんでしょうか。それで、どうでした？　羽は？」

息を詰めて見守っていた戸倉がすかさず声をかけてくる。

「肩胛骨《けんこうこつ》の辺りに少し固い感触があるような……でもよくわかりません」

「ふうむ……いずれは羽を出せるようになるのでしょうが……まだそこまで成長していないよ

うですね」

「ところで、ドラゴンについて協会《ソサエティ》はどこまでつかんでいるの？　研究してきたんでしょ？」

英理子が何一つ見逃すまいという、ハンターの目つきで戸倉を見つめた。

戸倉が静かな目で英理子を見つめ返す。

「わざわざ、ドラゴンの項目だけ特別会員用のページでも詳細はシークレット扱いになっていたわ。ドラゴンって協会《ソサエティ》にとって何なの？」

絶対に答えさせる。その意気込みが傍《かたわ》らの竜司にも伝わってきた。英理子は本気だ。適当な表向きの情報しか与えられないのであれば、この屋敷から無事に出さない覚悟《かくご》だろう。

そんな不穏《ふおん》な空気を感じたのかどうか、戸倉が口を開いた。

「研究、と言えるほどの成果が上がっているとは到底言い難いのですね。なにしろ、今日《こんにち》のドラゴン研究のほぼ九割は、ある一人の男の手記によって成り立っていますので」

「手記？」

英理子も竜司も初耳だった。

「十年ほど前に見つかったものです。入手と同時に遺物保護協会《ソサエティ》がトップ・シークレットとして扱ったので、その存在すら協会《ソサエティ》の理事や幹部、私のような研究者などごく一部の人間しか知りません」

戸倉がこれまでとは違う、厳《おごそ》かな表情になった。その老成した雰囲気に気《け》おされ、竜司は戸倉の言葉を待った。

「その男はヨーロッパの小国の片隅《かたすみ》で、一人でドラゴンの女の子を育てていたりですよ」

「ええ!?」

竜司と英理子は同時に叫んだ。ソファから立ち上がらんばかりのその勢いに、戸倉は満足げな笑《え》みを浮かべた。

「なんと彼はドラゴンの卵を拾い、それを孵化《ふか》させたんです」

「ドラゴンって卵から生まれるの!?」

英理子が食い入るように戸倉を見つめる。

「ええ。その青年の手記によると、岩場で大人が一抱《ひとかか》えするほどの巨大な卵を見つけたそうです。持って帰った翌日、卵が孵化し、その中から見たこともないような、美しい少女が出てきた。年の頃は、十三、四歳――そう、ローズくらいの少女です」

「え？　赤ちゃんじゃなくて？」

英理子が不思議そうに問うた。得たりと、戸倉が頷く。

「そうなんですよ！　十三、四歳くらいの成長した姿で生まれてくるのは、おそらく生後すぐに自在に動くためでしょう。ただ、それ以降の外見的成長はひじょうに緩《おだ》やかで、十年に一歳くらいしか年をとらないように見えるようです」

「じゃあ、ローズももしかしたら、見た目より年齢が上なんですか？」

「いえ、十五歳くらいまでは生まれたときとほぼ変わらない外見らしいです。むしろ、もっと若い可能性がありますね。さすがに生まれたてというわけではなさそうですが」

「他にドラゴンがいた形跡《けいせき》は？　もちろん、調べたんでしょ？」

英理子が鋭《するど》い目つきになった。

「おやおや怖いですね。美貌《びぼう》が台無しですよ」

気取ったふうに肩をすくめた戸倉を英理子が一喝《いっかつ》した。

「いいから早く答えて！」

「はい！」

怯えたように戸倉が即答した。戸倉はまだ英理子の遺物《ロスト・プレシャス》に対する情熱を知らない。普通の女と思っていたら痛い目を見るだろう。

「この手記が見つかってから、協会《ソサエティ》から幾度《いくど》もヨーロッパへドラゴン探しの団体が派遣されましたが、結局はその足跡《あしあと》ひとつすら見つけることができませんでした。一時、この手記の真偽《しんぎ》さえ疑われたこともあったらしいです」

「なぜ、信じることに？」

英理子の目が光った。何かを勘付《かんづ》いたのだろう。

戸倉が微笑《ほほえ》んだ。

「その男の住まいから、ドラゴンの竜紋がいくつも見つかったからですよ。成長するに従《したが》い、歯が生え替わるように竜紋も生え替わるようですね」

竜司はじっと考え込んでいた。

十年前のヨーロッパの小国。巨大な卵。そこから生まれてきた美少女。

すべての記憶が蘇《よみがえ》り、そして今つながった。

「……その男が住んでいたヨーロッパの小国って、アルバニアですよね」

「あ、ああ。知っているのかい？」

戸倉がぎょっとしたように竜司を見つめた。

「竜司くんはなぜ……あ」

戸倉の顔に驚きが走った。

「如月……もしかして、あの有名な如月夫妻のご子息⁉」

夫婦それぞれ、ハンティング歴二十余年。竜司の親はこの業界では、やはり名が通っているらしい。

ズキリと胸が痛んだ。もう条件反射となってしまった忌々《いまいま》しい痛み。

顔に出さないよう堪《こら》えながら、竜司は続けた。

「僕、もしかしたらローズと十年前に会っているかもしれません」

五歳のとき、連れていかれたアルバニア。子どもを連れているというのに、両親は山を越えた岩場まで行っていた。

あれは——ドラゴンがいるという手記の情報を得て、探しに行ったのだろう。他の協会《ソサエティ》関係者たちのように。

英理子が驚いたように竜司を見つめた。

「あの、卵嫌いになった原因って——ローズの孵化なの⁉」

「たぶん」

五歳の子どもの記憶だ。だが、おとぎ話から飛び出してきたような金色の髪に青い目をした、美しい少女だったことは覚えている。

十年の時を経て、竜司は身長も伸び、様変わりした。だが、ローズはまったく変わらない姿をしていた。そのせいで余計に気づかなかった。

考え込んでいた戸倉が口を開いた。

「さきほど、ローズは竜司くんにしか懐《なつ》かない、とおっしゃいましたね？」

「ええ」

「なるほど——それでは、あの仮説は妥当《だとう》だったのかもしれません」

「仮説？」

「刷り込み、です」

戸倉の言葉が一瞬理解できなかった。

刷り込み《インプリンティング》というと——。

「あの、孵化したときに初めて見たものを親と思う、ってやつですか？」

「ええ、そのとおり。孵化直後に見た動く対象を親として追従《ついじゅう》するという習性のことです。プライドが高く、また攻撃的であるとされているドラゴンが、一部の人間にはひじょうに従順《じゅうじゅん》であるという情報が、今回の件でも裏付けされましたね」

「なるほどね……」

リュウジ、すき。

あれは、孵化したときに初めて僕を見たから――ただの生物的本能のためなのか。

助けてくれた、と言っていた。あれは今回のファングからじゃなくて、あのとき転がった卵を止めたから？

「なるほど、ドラゴンの卵を入手すれば、忠実なドラゴンを創り出すことができるのか！」

嬉々《きき》として想像を巡《めぐ》らせている戸倉とは対照的に、竜司は徐々《じょじょ》に体が重くなっていくような感覚に囚《とら》われた。まるで、大きな影がのしかかってきているようだ。体から力が抜けていく。

「竜司くん？」

「なんでもないです……」

低い、暗い声で竜司は答えた。

自分の反応に、自分が一番驚いていた。

僕は今、がっかりしている？　ローズのあの一途《いちず》な愛情が、ただの本能だと知って落胆《らくたん》しているのか？

「これからローズを預かるわけだが、もしかしたらきみの協力を仰ぐかもしれない。よろしく」

「え、ええ……」

上の空で竜司は答えた。

「ところで、この首輪は？」

戸倉がローズの首をじっと見つめた。

「取れないんです。遺物《ロスト・プレシャス》みたいなんですけど」

「ほう……これは彼女のものですか？」

「さあ、私たちはさらわれたときにつけられたと思ってたんですけど……」

英理子がちらっとこっちを見る。竜司もそう思っていたが、確かにローズの持ち物だった可能性もある。

「なるほど。アクセサリーかどうか、微妙なところですよね。ドラゴンなら、遺物《ロスト・プレシャス》をつけていたほうが自然なんですが」

「どうしてですか？」

「ドラゴンは宝を集める習性がありますからね」

「へえ……」

そう言えば、洞窟《どうくつ》にたくさん宝を集めている絵を何かで見たことがある。

「じゃあ、ローズの仕んでいたところには、遺物《ロスト・プレシャス》がたくさんあるかもしれないんですね」

また英理子の目が輝く。

「ええ。そのうえドラゴンは遺物《ロスト・プレシャス》と何らかの感応性があるらしいので、新たな遺物《ロスト・プレシャス》発見にも役立つかもしれません。あっと、しまった！　これはトップ・シークレットだったんだ！　すいませんが、他言無用に～」

戸倉が必死で拝《おが》むように手を合わせる。

竜司と英理子は顔を見合わせた。ドラゴンに関するトップ・シークレットはこのことだったのか。

「つまり……もし生きているドラゴンを手に入れたら、遺物《ロスト・プレシャス》を思いのまま手に入れることができるってことですよね！」

詰め寄る英理子に、戸倉が苦笑した。

「一応、理論上はそうなりますね」

竜司は複雑な思いでローズを見つめた。彼女自身がドラゴンという特別な存在というだけではなく、更《さら》なる宝を集める可能性まであるのか。

その体、存在自体が貴重極まる遺物《ロスト・プレシャス》であると同時に、遺物《ロスト・プレシャス》を収集できる能力を持つ生き物——協会《ソサエティ》が必死になるわけだ。

ローズの存在を知れば、それこそ世界中の人間がローズを欲するだろう。

だが、それは彼女にとって幸せなことなのだろうか。そうは思えなかった。彼女を略奪《りゃくだつ》しようとする人間や組織は後を絶たない。おそらく、その命が尽《つ》きるまで追われ続けるのだろう。

生まれながら過酷《かこく》にして特別な運命を背負った少女。

竜司はますます気持ちがふさいでいくのがわかった。ローズ自身のあずかり知らぬところで、彼女は命を狙われたり、利用されようとしているのだ。

「ただ……ドラゴンを禁忌《きんき》とする言い伝えもありましてね」

「え？」

自分の想いに浸《ひた》っていた竜司は戸倉を見た。

「ドラゴンは破滅をもたらす、と言われているんですよ」

「ああ、キリスト教では悪魔の化身、異教のシンボルだもんね」

英理子が納得したように頷く。

「ええ。特に赤い竜は『ヨハネの黙示録《もくじろく》』に登場しますし」

あまりにも有名なその話は竜司も知っていた。大天使ミカエルによって、底無しの地下に閉じこめられたレッド・ドラゴン。

「十年前の手記の男も行方不明になっているでしょう？　そのことも言い伝えを後押ししていましてね」

「なるほどね……」

「ドラゴンに関しては、協会《ソサエティ》内でも議論が起こっています。一部の人は、排斥《はいせき》するべきだとも。しかし、やはり遺物《ロスト・プレシャス》優先と考える者が大多数です。ドラゴンが存在すると分かった今、無視するわけにはいきません」

ローズはきょとんとこちらを見ている。

「まあ、破滅って言われてもね。だいたい、東洋では神の化身とされているし」

「ええ……聖と悪、対照的なイメージを持つ不思議な生き物です」

そのとき、ローズがすっと手を伸ばしてきた。そして、竜司の頬に触れる。

「何？」

驚いて尋ねると、ローズがたどたどしく答えた。

「だいじょうぶ？」

「何が？」

「リュウジ、さびしい？」

「いや……別に……」

だが、ローズが心配そうに竜司を見つめた。

「竜司くんが難しそうな顔して悩んでるから、ローズが気にしてるんじゃないの」

「え……ああ……」

僕のことを心配？　ローズが？　彼女のほうがずっと大変な立場なのだが。

「そう言えば、竜司くんはどこでローズの卵と出会ったんだい？」

竜司は岩場で迷ったときに卵が転がってきたことを話した。

「じゃあ、ドラゴンの住まいを見たわけじゃないんだね」

がっかりしたように戸倉が言った。

「一説では、ドラゴンの住みかには何か『結界』のようなものが張られているのではないかと言われているんだ。何せ、名のあるトレジャー・ハンターたちが必死で探しているというのに、痕跡《こんせき》すら見つけられなかったからね」

「でもローズがさらわれたということは、ファングたちはドラゴンの居場所を突き止めていた可能性がありますね」

ローズが一人で日本に来られたとは考えにくい。おそらくはずっと見張られていて、巣を出たところを捕獲《ほかく》されたのだろう。

「ファングも早く一網打尽《いちもうだじん》にして、ドラゴンに関する情報を得たいんだけどね。どういうルートがあるのか、なぜかファングはドラゴンに関する知識が我々より一歩抜きんでているところがあるみたいだからね」

「ファングってどういう組織なんですか？」

「遺物《ロスト・プレシャス》を対象にした闇《やみ》ブローカー組織ということぐらいしかわからない。かなり優秀なボスがいるらしいんだが、まったく情報が入ってこない」

「ずいぶん、謎めいた組織なんですね……」

「そうだね。目的もよくわからない。単なる金儲《かねもう》けのためなら、遺　物《ロスト・プレシャス》にこだわる必要はないと思うんだが……」

戸倉はドラゴン学が専門らしく、ファングについての情報はあまり持っていないようだ。

そのとき、電話が鳴った。

「あ、私出ます」

英理子が立ち上がると、電話を取った。

戸倉が改めてこちらを向いた。

「しかし、本当に懐いているね」

心底羨《うらや》ましそうな声に、竜司は苦笑した。

「でも、きみはあまり嬉しくなさそうだね」

「そりゃあそうですよ。僕は遺　物《ロスト・プレシャス》には関わりたくないのに……」

「そうなのかい？」

戸倉は意外そうに声を上げた。『あの夫妻の息子なのに？』と顔に書いてある。

「僕は……遺物使い《ブレイカー》なんですよ」

「ほう！　それは素晴らしい！　なりたくてなれるものではないからね！」

「……そんなにいいものでもないですけどね」

不安定な能力だ。竜司の場合、振り幅《はば》がオール・オア・ナッシングであり、まったく実用的ではない。

呪念物《カーズド・プレシャス》に利用されたときのことを思い出し、竜司は背筋がぞくりとした。否応《いやおう》なしに体に突入してくるあの感触。

喩《たと》えるなら、亡霊に取り憑《つ》かれるようなもの。彼らは自分を解放しようと、利用できそうな人間——遺物使い《ブレイカー》——と見るや否や、その冷たい手を伸ばしてくる。傀儡《くぐつ》にし、思いのままに利用しようとするあの貪欲《どんよく》さ。

そんな遺物《ロスト・プレシャス》を目の色を変えて追う両親——。

「遺物《ロスト・プレシャス》って、そんなにいいですかね」

目の前にいるのが協会《ソサエティ》お抱えの専門家とわかっても、苦々《にがにが》しい口調になるのを止められなかった。

「そりゃあ、いいさ！」

戸倉はきっぱり言った。

「遺物《ロスト・プレシャス》には限りない可能性がある。未知なるものへの飽くなき興味——人間の知識欲、冒険欲をこれほど刺激するものがあるだろうか！」

「はあ……」

遺物《ロスト・プレシャス》の関係者ってこんなに熱くて変な人ばっかりなんだろうか。

竜司は感極まったのか、目を潤ませる戸倉を見つめた。

「遺物《ロスト・プレシャス》、それは味気ない現実世界から飛び立つ翼《つばさ》。それを手にした瞬間、我々は手のひらの上のような小さな世界から解放される！」

戸倉が天井に向かって力強く拳《こぶし》を突き出した。

この人、ヒーローにでも変身する気なんだろうか。

「遺物《ロスト・プレシャス》はロマンだ‼」

だが、戸倉は残念ながら叫んだだけだった。

「はあ……」

戸倉の言うこともわかるのだ。だが、『遺物《ロスト・プレシャス》』と聞くだけで拒否反応を示してしまうのは、自分の体質と、そしておそらく家庭環境のせいだ。

「変人ね」

いつの間にか隣に来ていた英理子が呆《あき》れたように言った。なるほど、同族嫌悪《けんお》というやつか。

「何か言った⁉」

つい口に出してしまっていたのか、英理子がまなじりをつり上げて自分を見ている。

「い、いえ何でもないです！　電話は大丈夫でした？」

英理子が保留中になっている子機を差し出した。

「ええ。竜司くん、ご両親から電話よ」

「え？」

噂《うわさ》をすれば影――思わぬ事態に、竜司は一瞬動けなかった。

軽く深呼吸してから、竜司は子機を受け取った。親からの電話だというのに、これ以上はないほど緊張している自分がいた。

「もしもし？」

「竜司、そこにドラゴンの娘がいるって本当？」

受話器から飛び出すうわずった母親の声に、竜司は顔をしかめた。

「あ、ああ……」

「すぐに日本行きのチケットを取るわ！　できるだけ、時間を稼《かせ》いでドラゴンを引き留めておいて！　協会《ソサエティ》に渡したら最後、二度と表には出てこないから！」

まくしたてるだけまくしたてると、一方的に電話は切れた。

竜司は思わず笑みを浮かべた。苦い笑みだった。

一年ぶりの電話がこれか。息子のことは何も聞かずに、ただ遺物《ロスト・プレシャス》のことだけ。

息子が怪我をしても電話一つ寄越《よこ》さないというのに、ドラゴンがいるとなれば、日本にわざわざ帰ってくるという。

遺物《ロスト・プレシャス》、遺物《ロスト・プレシャス》、遺物《ロスト・プレシャス》。あの人たちの頭にはそれしかない。

温かい感触に、竜司は驚《おどろ》いて胸元を見た。

ローズがすりすりと頭を胸にこすりつけている。

「どうした？　寒いのか？」

「リュウジ、さびしそう」

ローズがぽつりと漏《も》らした言葉に、カッと頭に血が昇《のぼ》った。無力だと言われたような気がした。

寂《さび》しい？　そんなこと、感じたことはない。

そんな迷い子を見るような憐《あわ》れみの目で見られたくはなかった。孤独など慣《な》れている。もう一人で立派に生活できているのだ。

「寂しくなんかない！　子どもの頃から、ほとんど家にいなかったんだ！　親なんて、最初からいないも同然なんだからな！」

叫んだ瞬間、ローズが背中に手を回してきた。そのままぎゅっと力を入れる。まるで、小さな子どもを抱きしめるような仕草だった。

「だいじょうぶ。さびしくない」

「子ども扱いするな！」

竜司はぐいっとローズの肩を押しやった。自分でも理解できない激しい苛立《いらだ》ちが胸を焼いた。

「放っておいてくれ！」

怒鳴《どな》りつけると、ローズがびくっと肩をあげ——悲しそうな顔になるとうなだれた。それはまるで花がゆっくりしおれていく様を思わせた。

罪悪感が胸にわきあがり、竜司は思わず唇を噛《か》んだ。怒鳴りつけるつもりなどなかったのだ。

胸が焼けただれたように熱く、不快でたまらない。油断すれば、叫び出しそうなほど苛々している。

英理子や戸倉がどんな表情でこちらを見ているか知りたくもなかった。

もう、たくさんだ。

僕は一人で静かに平和に暮らしていたいのだ。その生活に戻るためには、するべきことは一つ。

竜司は声を押し殺して言った。

「戸倉さん、ローズを連れていってください」

「え？」

「もう、遺物《ロスト・プレシャス》なんかに振り回されるのはたくさんです！」

両親はきっとがっかりするだろう。わざわざ帰ってきたのにドラゴンがいなければ。ざまあみろだ。

「ええ。ローズは私たちが預からせていただくつもりです」

戸倉がちらっと英理子を見る。

英理子の顔からは何の感情も読み取れなかった。自分の一言によって大騒《おおさわ》ぎをすると思っていた竜司は、あっさりと頷く英理子を意外な思いで見つめた。

「条件があります。ローズへの面会の権利をいただくこと、ローズが一人の人間として扱われること」

「もちろんです！　丁重《ていちょう》に扱わせていただきます。面会の件は保留とさせてください。私にその権限はありません」

英理子は頷くと、何か言いたげな目線を竜司に向けた。

竜司は頑《かたく》なに誰とも目を合わせなかった。

＊

じりじりと鉄板の上で焼かれているようだ。

容赦《ようしゃ》なく太陽に照りつけられながらも、実咲《みさき》は門の前を動かなかった。

インタホンから聞こえてきたのは明らかに迷惑《めいわく》そうな声だった。

いつもの自分なら、駆《か》け出すようにしてその場を離れ、家に帰っていただろう。だけど、このままでは帰れない。勇気を振り絞ったのだ。いつもいつも、学校の中で見つめているだけの自分に嫌気《いやけ》が差して——。

ようやく踏み出した一歩。

安全な傍観者《ぼうかんしゃ》の立場を放棄《ほうき》し、舞台に駆《か》け上がったのだ。ならば、どんなに無様《ぶざま》でも自分が納得《なっとく》するまで舞台を降りるべきではない。

実咲はびしっと人差し指を伸ばした。

インタホンに触れそうになったとき、低いエンジン音が聞こえた。

またもや黒塗りの外車が屋敷に向かってきていた。今度は一台だけだ。

ぽかんと見つめる実咲の前で、車が静かに停車する。運転席から出てきたのは、また黒スーツを着た男だった。だが、こちらは筋骨隆々《きんこつりゅうりゅう》というわけではなく、どちらかと言えば細身の男だ。だが、その醸《かも》し出す雰囲気から一般人ではないのがわかる。彼の周りだけ、空気が張り詰めているのだ。

七尾家ではマフィアの密談でも行われているのだろうか。

「着きました、ボス」

細身の男がうやうやしく、後部座席のドアを開けた。

ボス⁉　やっぱりマフィア！

息を呑《の》んで実咲は後部座席を見つめた。

中から出てきたのは、やはり黒スーツを着た男、いや、明らかに彼は若かった。少年とさえ、言っていいかもしれない。

「ボスはやめろ。そう呼ばれるのは好きじゃない」

少年は声を荒《あら》げたわけではない。むしろ、その口調は穏やかとさえ言ってよかった。

だが、遙《はる》かに年上だろう細身の男はバネ仕掛けの人形のように素早く深々と頭を下げた。

「申し訳ありません！」

「声が大きいわ。静かにして」

少年の後から出てきたのは、これまた黒ずくめのスーツ姿の女性だった。顔にかかった長い黒い髪をかきあげる仕草が堂《どう》に入《い》っている。二十代半ばくらいだろうか。

タイトスカートから伸びる足は細く、長い。ピンと伸びた背筋といい、理知的な雰囲気といい、有能な秘書、といった感じだ。彼女は少年の斜め後ろに付き従っている。

「甲斐《かい》。おまえたちはここで待機していろ」

「ですが……」

甲斐と呼ばれた秘書っぽい女性が心配げに口を開いた。

「命令だ」

「わかりました」

食い下がることなく、甲斐は頭を下げた。

ボスと呼ばれただけあって、この少年の権威《けんい》は絶大のようだ。よくわからない力関係に、実咲の目は釘付けになっていた。

少年は流れるような動作で、颯爽《さっそう》と門の前に向かってきた。

男性にしてはちょっと長めの、肩にかかるような黒い髪が、その軽やかで力強い足取りに呼応してさらさらと揺《ゆ》れる。

遠目にも彫りの深い顔立ちから、外国人であることがすぐにわかった。

年の頃は自分より少し上、十八歳くらいだろうか。その年の少年にしては、長身のせいかスタイルがいいせいか、びしりとスーツを着こなしている。

実咲と目が合うと、少年はいたずらっ子のような無邪気《むじゃき》な笑みを浮かべた。ミルクを溶《と》かしたような白い肌、そして夜の海のような濃青色の瞳に、実咲はただ呆然と見とれた。まるでモデル雑誌から抜け出てきたような、文句のつけどころがない整った顔立ちをしていた。

少年は笑みを浮かべたまま、無言で目の前にそびえ立つ格子《こうし》の門を見上げた。

＊

「では、ローズを連れていきます。竜司くん、車に乗せるまでお願いできますか？」

「はい……」

戸倉の言葉に、竜司はローズの手を引いた。

ローズがきゅっと唇をかみ、うつむく。言葉がわかるのか、それとも空気を読んだのか――自分が厄介払《やっかいばら》いされると気付いているようだ。

ローズがゆっくり見上げてきた。

その瞳は凍《こお》りついたような淡《あわ》い水色で、微風にさざめく湖面《こめん》のように揺《ゆ》らめいていた。

目にいっぱいの涙をためたローズに、竜司は思わず顔をそむけた。

そんな目で見るな。しょうがないだろ。僕は親に扶養《ふよう》されて、ハトコに振り回されている、ただの高校生なんだよ。何ができるっていうんだ。

そんな様子を見ていた英理子が戸倉に声をかけた。

「ちょっと離れていてもらえますか？　最後にローズと話をしたいので」

英理子の言葉に、戸倉とボディガードたちが数メートル離れてくれた。

「竜司くん、ローズに何か言ってあげて」

「え？」

「最後の別れになるかもしれないんだから」

「でも、僕は協力するんじゃ……」

「協会《ソサエティ》は手記すら秘密裏《ひみつり》に握っていた。本物のドラゴンを手に入れたら、それこそもう外には出さないでしょう。ローズは隔離《かくり》される。私たちを含めた一般人には目も触れないところへ」

「そんな……」

また近いうちに会える。心のどこかでそう思っていたのは事実だ。

走ってもいないのに、心臓がどくんと大きく打った。

「これからファングの追っ手もかかるでしょうし、ローズは厳重な警備のもとに管理されるでしょうね」

英理子は淡々《たんたん》と語った。だからこそ、それがまぎれもない現実なのだと伝わってきた。

「英理子さんはそれで……いいんですか？」

筋違いとは思いつつ、竜司は突っかかるように言ってしまった。

「いいも何も、引き取ってもらうつもりで協会《ソサエティ》の人に来てもらったわけだしね。それにこの場合、最良の選択と思うしかないわ。協会《ソサエティ》なら、コネをたどればローズの消息を聞くこともできる。それ以外のところがローズを押さえたらお手上げよ」

英理子はそっとローズの肩に手を置いた。

「ローズ、覚えていて。私はあなたの味方よ。これから大変なことが起きるかもしれないけど、頑張《がんば》って。遠くから応援してる」

話が終わったのを見てとったのか、戸倉たちがゆっくり近づいてきた。

竜司は立ちつくした。指先から痺《しび》れたように体は冷えていくのに、心臓の鼓動《こどう》は早まっていく。

ローズがじっと自分を見ている。涙を湛《たた》えた目に、何かを堪《こら》えるように噛んだ唇——何て声をかければいいいんだ!?

そのとき、ローズが小さく微笑んだ。それは、いたわるような、大人っぽい笑《え》みだった。まるで、竜司が困っているのを見かねて、安心させようとしているような——。

「あ……」

何か声をかけようとしたとき、戸倉がぺこりと頭を下げた。

「それでは、ご協力ありがとうございました。協会《ソサエティ》はひじょうに感謝しております。また七尾さんには幹部のものが改めてお礼にうかがうと思います。よろしく」

「では、玄関までお送りします」

竜司はもやもやしたものを胸に抱えながら、英理子について廊下《ろうか》を歩き出した。自分が何を言えばいいのか、何をすればいいのか——それどころか、何をしたいのかすらわからなかった。

＊

門の前に立っているだけで、そこがモデルの撮影現場に見えるほど、黒スーツの少年は美しい立ち姿をしていた。

少年が無造作《むぞうさ》に左手をすっと体の前に伸ばした。

その手のひらが格子の門に、まるで照準のように向けられる。

何をするんだろう？

じっと見守っていた実咲は息を呑《の》んだ。

少年の手から黒い霧《きり》のようなものが出たかと思うと、おそらくは鉄製だろう格子がみるみるうちに溶けていったのだ。

十秒もたたないうちに、少年の目の前から門が消えた。少年は笑みを浮かべたまま、顔色一つ変えない。

少年が優雅《ゆうが》に一歩を踏み出した。

「ど、どうしよう」

どうやったのかはわからないが、他人の家の門を壊して侵入《しんにゅう》している。通報したほうがいいのだろうか？

だが、少年のあまりに堂々とした態度が犯罪と結びつかない。

実咲は門を見つめた。開いている。私も入ってもいいのだろうか。

そのとき、屋敷の正面のドアが開いた。二十メートルは距離があるが、そこから護衛らしき黒服の男たち、白衣の男、そして金髪の女の子を連れた竜司が出てくるのが見えた。

屋敷から出てきた人間たちが、実咲の前にいるスーツ姿の少年を見て足を止めるのがわかった。

「ファングか⁉」

そう叫ぶと同時に、護衛の男たちが白衣の男と金髪の少女を守るように一歩足を進めると、全員吸い込まれるように胸元に手を入れた。

まさか――。

実咲は自分の目が信じられなかった。護衛の男たちは一分の隙《すき》もない射撃《しゃげき》体勢を取っていた。その手には黒いハンドガン。

あれはもしかして本物なの？

突然の事態についていけず、実咲はぼうっと立ちつくしていた。

斜め前に立っている少年がばさっと黒いスーツのジャケットを投げ捨てた。

めりめりめりっ。

不気味な音とともに、少年の肩胛骨の辺りから、白いシャツを破って黒いものが飛び出した。

それはふわりと左右に開いた。

「羽⁉」

ビロードのようにつやつやと光っているそれは、分厚《ぶあつ》い皮でできたコウモリの羽に酷似《こくじ》していた。

大きさは片羽だけで二メートルくらいあるだろうか。

護衛の男たちが一斉《いっせい》にハンドガン——実咲には区別が付かなかったが、オートマティック——を少年めがけて撃《う》った。

警告もなく、だ。

少年のすぐそばにいた実咲は悲鳴《ひめい》も上げられなかった。

ただ、頭の中が真っ白になり、すべてがスローモーションにように見えた。

殺される——！

そのとき、目の前に黒いものがカーテンのように広がってきた。それは少年の羽だった。その羽がビシビシと何かが当たるたびに揺れ動く。

もしかして、銃弾《じゅうだん》を跳ね返しているの⁉

少年は右側の羽を折るようにして自分の体をかばい、左側の羽を実咲の前に盾のように広げていた。

ようやく銃撃が止むと、ふわりと羽が浮き上がった。

「一般人がいても構わず発砲するとはな……ずいぶん非情な組織だな。世界遺物保護協会《ソサエティ》ってのは」

少年は挑戦的な笑みを浮かべると、ゆっくり足を進め始めた。

実咲はただ、呆然と立ちつくしていた。何が起こっているのかわからない。ただ、あの奇妙な黒い羽を持つ少年が自分を銃弾から守ってくれたのだということは理解できた。

全弾を撃ちつくし、慌《あわ》ただしい手つきでマガジンを補充している護衛たちに、戸倉と名乗った男が興奮したように怒鳴っている。

「撃つな！　彼は――ドラゴンだ！」

だが、護衛たちは再び銃口を彼に向けた。そうせざるを得ないほどの禍々《まがまが》しい空気が少年を取り巻いている。

護衛たちの指が引き金にかかった瞬間、彼の背の羽が大きく広がった。

またたいた羽から、ごうっと唸《うな》りを上げて黒い風が発生する。

黒い風は護衛の男たちにまっすぐ向かっていった。筋骨隆々《きんこつりゅうりゅう》の男たちが、まるで空き缶《かん》のように軽々と持ち上げられ、屋敷の壁に叩きつけられた。

巻き込まれた戸倉が吹っ飛ばされ、護衛たちと同じ運命を辿《たど》った。

＊

なんだ、こいつは？

竜司はローズの手を握ったまま、モデルのような優雅なウォーキングでこちらに向かってくる長身の少年を見つめた。

年齢は十八歳くらいか。やんちゃそうな表情をしているわりに、これから社交界のパーティーにでも向かうような高貴な気配を漂《ただよ》わせている。

だが、その背にある皮のような固そうな黒い羽の一閃《いっせん》で、並み居るボディガードたちをあっさり吹き飛ばした。

少年はうめき声を上げる護衛たちを見回し、にやっと笑った。おどけたように大きく手を広げる。やれやれ、とでも言いたげだ。

「ちょっと乱暴すぎたかな？　悪い悪い。鉛《なまり》の弾が羽に当たって鬱陶《うっとう》しかったんでね」

明らかに異国の人間である少年は、ネイティブかと思うような流ちょうな日本語を話した。

「あ……あんた誰？」

皆が絶句《ぜっく》するなか、声を上げたのは英理子だった。その声には多分に恐れが含まれていたが、好奇心もしっかり混ざっていた。さすがだ。

少年が胸に手を当て、気取った仕草で腰を折った。彼の左手の甲にはローズと同じ、竜紋があった。だがそれは、漆黒《しっこく》だった。

「初めまして、美しい日本のご令嬢《れいじょう》。俺はオニキス――通り名、だけどね。以後、お見知りおきを」

オニキス——黒瑪瑙《くろめのう》——魔よけにも使われるという石の名前は、その少年にぴったりに思えた。

オニキスがローズに向き直った。

「待たせたな、姫……って、へえ……」

オニキスの濃青色の目が輝いた。

「綺麗《きれい》だな……こりゃ、びっくり。レッド・ドラゴンって言うから期待していたんだが、それ以上だな」

気さくに話しかけるオニキスに対し、ローズは警戒心をむき出しにしたまま、一言も口をきかない。

「おまえ、ローズの知り合いなのか?」

オニキスがニヤリと笑った。

「俺は彼女の婚約者だ」

「は!?」

「この首飾りが婚約の証《あかし》——」

オニキスが決して外れなかった、豪奢《ごうしゃ》な宝石が飾られたローズの首輪を指差した。

「ローズ……本当か?」

ローズが首を必死で振る。

「わたし、オニキス、知らない」

「どういうことだよ！」

キッと睨《にら》みつけると、オニキスが悪びれることなく微笑んだ。

「まあ……事後承諾《しょうだく》してもらうってとこかな」

オニキスが笑顔を浮かべたまま竜司を見た。

「おまえ、邪魔《じゃま》。そこをどきな」

「イヤだね」

オニキスが手を伸ばすとローズの肩に触れた。ローズがその手を振り払うより早く、竜司が動いた。

思い切り、オニキスの手をはたき落とす。意外そうに、オニキスが竜司を見た。

「おやおや……自分の置かれた立場をわかっていないようだな」

苦笑を浮かべると、オニキスがすっと人差し指を突き出した。

「お仕置きだ」

額《ひたい》に弾丸でも受けたかのような衝撃《しょうげき》を受け、竜司は背後に吹っ飛んだ。そのまま、玄関ドアに叩きつけられ、ずるずると床にへたりこむ。

頭が真っ白で何が起こったのかわからない。

オニキスがにっこり笑ったまま、人差し指を振る。

「デコピン」

軽く、本当に軽く額を指で弾いただけらしい。

竜司は呆然としたまま、オニキスを見上げた。脳がまだ揺れていて立ち上がれない。

「身の程ってものを知ったほうがいいよ、坊《ぼう》や。それが長生きするコツだ」

オニキスが優しく諭《さと》すように言った。愚《おろ》かな子どもを見るような目に、竜司は思わず叫んだ。

「僕には如月竜司って名がある！」

「キサラギ？」

オニキスの片眉《かたまゆ》が上がった。

「もしかして、トレジャー・ハンターの如月と関係があるのか？」

「僕は二人の息子だ」

「へえ……おまえもトレジャー・ハンターなのか？」

「違う……」

「だろうな！　おまえからは何も感じない。遺物《ロスト・プレシャス》にかける情熱も何も！　おまえみたいな人間は、家で大人しく寝てときゃいいんだよ。死と破壊の化身と言われるブラック・ドラゴンに喧嘩《けんか》なんか売るもんじゃない」

オニキスの青い目が一瞬、燃え上がったように見えた。そこには明確な凶暴性《きょうぼうせい》があった。

竜司は体が強《こわ》ばるのを感じた。

生き物としての格が違う。認めたくはないが、心の奥底の、動物としての本能がはっきりそう言っていた。こいつは眉《まゆ》一つ動かさず指一本で自分を殺すことができる。そして、自分にはそれを防ぐ手だてはない。

「さ、姫、行くぞ。いつまでも人間なんかに関わるな」

オニキスがローズの手を取った。ローズが顔をひきつらせ、必死でその手をふりほどこうとする。そんな二人を見ていると、言いようのない不快感が胸の奥からわきあがった。それは本能から送られる危険信号を吹き飛ばす力があった。

「ローズはおまえなんかに渡さない！」

オニキスは聞こえよがしに大きくため息をつくと、髪をかきあげた。

「うぜえなあ……弱いくせに出しゃばる奴って俺、嫌《きら》いなんだよな」

オニキスが片手をまっすぐ伸ばした。その手に黒い霧のようなものがまとわりつき、徐々に濃《こ》くなっていく。

「邪魔」

その口調と同じくらい軽い調子で、オニキスが腕を振った。

突風が吹いた――そう感じた瞬間、竜司の背後で山が崩《くず》れたような轟音《ごうおん》が起こった。

「うわっ！」

爆風に押されるようにして、地面に伏せた竜司の上に、バラバラと欠片が降ってくる。

たちこめる埃《ほこり》に咳き込みながら、おそるおそる竜司は振り返った。

そこにあるべき建物が消え、足元に真新しい瓦礫《がれき》の山があった。

「は!?」

砂埃が舞うなか、竜司はなんとか事態を認識した。

オニキスが腕の一振りで、英理子の広大な屋敷を吹き飛ばしたことに。

爆風で乱れたのか、オニキスが髪をかきあげた。

「俺、これでも平和主義者なんだよ? 女には優しいしさ。だけど、カッとなると抑えがきかないんだよな……」

「ちょっと! 何するのよ! 私の屋敷を!」

食ってかかる英理子に、オニキスが苦笑してみせた。

「ああ、失敬《しっけい》」

「ああ、じゃないわよ!」

そのとき、英理子の目が大きく見開かれた。

「あんた……そのイヤリング!」

英理子の目は、オニキスの片耳につけられたイヤリングに釘付けになっていた。それはサファイヤのような青い雫型《しずくがた》の石がついていた。

「それ、ウチの遺　物《ロスト・プレシャス》じゃないの－!!」

オニキスがイヤリングに軽く触れると、しれっと呟《つぶや》いた。

「ああ……そう言えば、ここに来たこともあったっけ。もう十年くらい前だから」

「あんた……あんたが！　やっぱりあんたはファングなのね！」

英理子の目が怒《いか》りに燃えた。

「弱ったな……女性には乱暴したくないんだけどな」

「屋敷なんかどうでもいい！　それを返しなさい！　七尾のコレクションなのよ！」

無謀《むぼう》にもつかみかかろうとした英理子に、オニキスが手をかざした。その手のひらから黒い霧状のものが出てきたかと思うと、英理子の体を包んだ。

英理子は目を閉じると、そのまま膝《ひざ》から崩れ落ちた。

「英理子さん！」

竜司は慌てて英理子を抱き起こした。力ない英理子の体に一瞬、心臓に冷たいものが走ったが、軽く呼吸をしているのを確認し、ホッと息をついた。眠っているだけだ。女性には甘い、という言葉は本当らしい。

冷気を感じ、竜司は顔を上げた。

オニキスが冷ややかな眼差しを自分に向けていた。

そう、今や邪魔者は竜司だけ。

すっとオニキスの手が上がった。黒い霧のようなものが出てくる。

——やられる！

体を強《こわ》ばらせたその瞬間、ローズがオニキスの前に飛び出した。

竜司をかばうように大きく手を広げる。

「ローズ！」

金色の髪が揺れ、ローズが竜司を振り返った。

儚《はかな》い笑みを浮かべると、ローズは何もかもわかっている、というように頷いた。

そして、ローズは無言でオニキスの手を取った。

「さすが、姫、物わかりがいいな」

オニキスがローズの手を握ると、もう竜司に興味をなくしたかのように歩き出した。

「ローズ!!」

竜司は喉《のど》が裂《さ》けんばかりに叫んだ。その悲痛な声が届いていないはずはない。だが、ローズは振り返らなかった。

立ち上がろうとした竜司はめまいを感じ、その場に膝《ひざ》をついた。まだ額を弾かれた衝撃が色濃く残っている。体が動いてくれない。

その間にオニキスとローズは門を出て——しばらくして車の発車する音が聞こえた。

「く……そっ！」

竜司は思わず拳で地面を叩いた。

最後に見たローズの表情が焼きついて離れない。

「う……」

うめき声が背後から聞こえた。

戸倉と英理子、そして護衛たちがよろよろと立ち上がる。

「す、すごい！」

落ちた眼鏡をかけ直し、戸倉が叫んだ。白衣は埃と爆風でボロボロだ。

「見ましたか、今の黒い羽！　ブラック・ドラゴンですよ！　なぜ、ドラゴンが日本に!?　ここに来たということは、ファングの仲間ということですよね！」

興奮してまくしたてる戸倉の頬に、英理子が右フックを叩き込んだ。

「そんなことより、ローズがさらわれたのよ！　さっさと助けを呼びなさい！」

英理子がぎりっと歯を食いしばる。

「目の前でやすやすとさらわれるなんて……！」

竜司はただ、呆然と立ちつくしていた。

考えがまとまらない。ただ、ローズの顔が声が、ぐるぐると頭の中で回っている。

「あ、あのあのあの……」

竜司は実咲がそばに立っていることにようやく気付いた。実咲の着ている学校の制服が、やけに現実離れしているように思えるのが不思議だった。

「江藤《えとう》さん？　どうしてここへ？」

クラスメートの江藤実咲は中学からの知り合いで、女子の中では比較的よく話すほうだ。

「私……プリントを届けに……そしたら……」

「そうか……ありがとう」

竜司は機械的にプリントを受け取った。それは握りしめられていたらしく、くしゃくしゃだったがどうでもよかった。何もかもが他人事のようだった。

実咲がおずおずと口を開いた。

「あの、さっきの黒スーツの人って何？　黒い羽みたいなものが生えていたけど」

「さあ……」

そんなこと、僕にもわからない。ブラック・ドラゴンって何だ？　どうしてローズを狙う？オニキスのこちらを見下したような、暗青色の目を思い出すだけで叫びだしたいほどの苛立ちがわきあがる。

あいつは、ローズを連れ去っていった。

「あの……連れていかれた金髪の女の子は竜司くんの知り合い？」

自ら囚われの身になったローズが最後に見せた、どこか寂しそうな笑顔が浮かんだ。

ローズはもういない。あの、黄金色の髪と空色の瞳をしたドラゴンの少女が竜司の名前を呼ぶことも、飛びついてくることも、もうない。

頭上を旋回《せんかい》するヘリの爆音、慌ただしく電話で連絡を取っている博士や護衛たち。そんな喧《けん》噪《そう》を竜司はブラウン管の中の出来事のように、ぼんやりと見つめた。

ブラック・ドラゴンが現れ、レッド・ドラゴンをさらっていった。協会《ソサエティ》は全勢力を傾けて追跡を開始する。情報を手に入れたトレジャー・ハンターやコレクター、そして暗黒街の住人たちが世界中から集まってくるだろう。

もうすべては僕の手を離れた。ただの高校生である僕ができることなど、何もない。

竜司は頭を振った。

僕は素人《しろうと》で部外者だ。専門家に任せておけばいい。

遺物《ロスト・プレシャス》に関わりたくないんだろ？　ぐだぐだ考えるのはやめろ！

だが、正体不明の苛立ちは激しくなっていくばかりだ。僕は何を考えている？　何をしたいんだ？

わからない。考えたくない。

「わざわざ、ありがとう。じゃあ」

なんとかそれだけ言うと、竜司は屋敷の残骸《ざんがい》に向かっていった。

「あ、あの……」

竜司の背に声をかけようとした実咲の肩を、英理子がポンと叩いた。

「ごめんね、取り込み中なの。竜司くんに用なら、また今度にしてね！」

呆然とする実咲の前を、英理子が軽やかに駆け抜けた。

「はう……」

実咲は今日何回目となるかわからない口癖《くちぐせ》をつぶやき、屋敷だった場所に立ちつくす竜司を見つめた。

やはり、彼はまだ遠い存在だ。

「でも、諦めないもん……」

誰に対してというわけでもなく、実咲は呟いた。

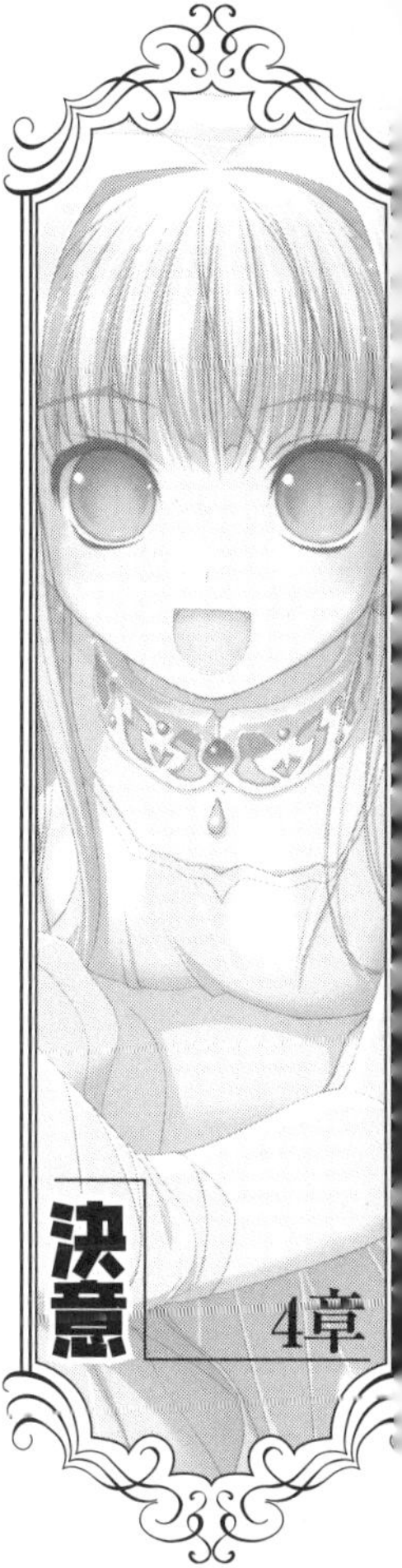

4章 決意

波打つミルクの海——生温かく白い光景が頭を支配している。

ローズはそれを自覚しながらも、指一本動かすことができなかった。

車に乗り込むと、自分を抱えたブラック・ドラゴンの男——オニキス——の手が口に当てられた。それは麻酔《ますい》のような効果があったらしく、すぐに頭の中がぼんやりしてきて、そのまま眠りについてしまった。

だが、深い眠りではなく、ごく浅いが意識はあった。

しばらくして車が入っていったのは、人気のない巨大な建物だった
ローズはオニキスに抱きかかえられ、エレベーターに乗せられた。

——そして今、ローズはふかふかのベッドの上に寝ている。

まだ目覚めの兆《きざ》しはない。ローズは混濁《こんだく》する意識にもてあそばれながら、ごろりとベッドの

上で寝返りを打った。

頭に浮かんでくる言葉はたった一つ。

リュウジ――。

ローズの青い瞳から涙がこぼれ落ちた。

ローズが竜司《りゅうじ》に出会ったのは十年も前。生まれた直後のこと。だが、ローズはその瞬間のことをはっきり覚えていた。ドラゴンは人間と違い、体だけでなく心も発達して生まれるのだ。

ローズは初めて見たときから、彼のことが頭から離れなかった。

異国を思わせる黒い髪に黒い目。

そして、何より惹《ひ》かれたのは彼の心――それは温かく澄《す》んだ、透明《とうめい》な宝石のようだった。

自分を見つめる竜司からは明確な恐怖と驚愕《きょうがく》が感じられた。彼も心細かったのだ。たったひとりで異国の山に取り残されて。

なのに、彼はそんなときでもこちらを気遣《きづか》う優《やさ》しさを持っていた。必死で卵を止めてくれたのだ。

ローズには、人の〝核〟となる心がイメージとして見える。繊細《せんさい》な光を放ちつつも、強固な存在感を示す竜司の〝核〟。

それは一度感じたら、忘れられない魅力《みりょく》に満ちていた。

美しいものや魅力的なものはたくさんあった。白銀の星たちが煌《きら》めく夜空、瑞々《みずみず》しい青葉の上を転がる朝露《あさつゆ》、咲き乱れる色とりどりの花々——。

だが、心が震《ふる》えるほど強烈に惹かれた存在は竜司だけだった。

イリーナと二人で暮らす、平和で穏《おだ》やかな日々のなか、ローズの心の隅にいつも竜司の存在があった。

一度会ったきりの黒髪黒瞳の少年の姿を毎日思い浮かべ、彼に再び会う日を夢想した。

彼に会いたい——その想いは成長するにつれ、抑えきれないほど大きくなってきた。

外の世界は危険だとわかっていた。だが、募《つの》る想いを押さえきれず、『巣』を飛び出したのだ。

そしてあえなく囚《とら》われの身になってしまった。怯《おび》えていた自分を救い出してくれたのは、なんと十年前に会った竜司だった。

十年の月日がたっても竜司は変わっていなかった。背が伸び、顔立ちは大人びていたけれど、日だまりのような温かく澄んだ心はそのままだった。色褪《いろあ》せない〝核〟の輝《かがや》きに、すぐに彼だとわかった。

嬉《うれ》しくて嬉しくて、竜司のことしか考えられなかった。片時も彼のそばを離れたくなかった。彼と一緒にいて、好きになってもらいたかった。

だけど——。

自分に向けられた竜司の迷惑《めいわく》そうな顔。そして突き放すような言葉——。

苦しいよう……。

ローズは心臓を刺し貫かれるような痛みを覚え、小さくうめいた。

竜司に嫌《きら》われたのかもしれない。

そう思うだけで、世界が暗闇《くらやみ》に閉ざされるような心細さと恐怖が襲《おそ》ってくる。

言葉もうまくしゃべれないし、どうやら自分の行動はときに竜司を困らせているようだ。だが、会えた嬉しさのあまり、竜司にすべてをぶつけてしまった。

今度はちゃんとするから。嫌われないように頑張《がんば》るから。だから、もう一度そばにいさせて――。

ローズは誰にともなく祈った。

竜司に会いたかった。あのがっちりした腕《うで》の中で眠りたい。優しい黒い瞳で自分を見てほしい。『ローズ』と、名前を呼んでほしい――。

だが、オニキスの出現でわかった。自分がいるせいで竜司の身が危険にさらされる。ならば、一緒にいることはできない。

ローズはイリーナの言葉を思い浮かべた。ドラゴンには『秘めたる力』があると彼女は言っていた。それはある条件を満たせば発動されると言っていた。だが、ドラゴンではないイリーナは言い伝えでしか聞いたことがないので、それ以上の詳《くわ》しい話は聞けなかった。

もし、その秘めた力が使えたなら、たとえブラック・ドラゴンが相手でも対抗《たいこう》できるかもしれない。竜司を守れるかもしれない。でも、その方法がわからない――。

再び目に熱いものがこみ上げてきた。涙をこぼすまいとローズがきゅっと唇を噛《か》んだとき、足音が聞こえてきた。

近づいてくる、胸を騒がす夜の風のような冷たい気配――間違いない、自分をさらったあのブラック・ドラゴンの男だ。

同種族とはいえ、ローズにはブラック・ドラゴンに対する親近感などなかった。ブラック・ドラゴンは危険な存在だとイリーナから聞かされていたこともあるが、何より周囲の人間を退《しりぞ》け、自分を強引にさらったあの力を見せつけられては警戒《けいかい》せざるをえない。

ドアが開く音がした。空気が揺《ゆ》らめき、人が近づいてくるのがわかる。

ローズは目を開けようとしたが、やはり体が言うことをきかない。

「まだ眠っているのか……」

呟《つぶや》くような声とともに、ほのかに体温が伝わってきた。どうやらベッドのそばに腰掛《こしか》けたらしい。

まぶたが震えた。薄く開けた隙間《すきま》から、ぼんやり見えたのは黒髪を肩につくほど伸ばした男――オニキスだった。

そのときオニキスの手が伸びた。髪を一房《ひとふさ》取られたのがわかった。

ドラゴンはその誇《ほこ》り高さや警戒心《けいかいしん》の強さから、己《おのれ》の体に触れられるのを極端《きょくたん》に嫌《いや》がる性質があった。ローズも例外ではない。

ローズは必死で身じろぎしようとした。だが、指先がぴくりと動いただけだった。

オニキスは手に取ったローズの黄金色の髪にそっと口づけをした。

「ようやく会えたな、姫。手下どもがヘマをしなければ、昨日には俺のところに来ていたのにな」

それはローズに聞かせるというよりも、独《ひと》り言のようだった。

「さて、姫には目覚めてもらうとするか」

こくっと何かを口に含む音がした。嫌な予感が募《つの》る。

ローズの体中に稲妻《いなずま》のような痺《しび》れが走った。肩に手が回されたのだ。強引に上半身が起こされる。オニキスの気配が近づいてくる。

怒《いか》りと屈辱《くつじょく》がローズの胸を焼いた。荒《あら》ぶる感情は凝縮《ぎょうしゅく》され、左手の甲《こう》にある竜紋《りゅうもん》に集まっていく。

ローズは左手にすべての神経を集中させた。徐々にだが、手が持ち上がる。

ローズの手に、何かが当たった。それは銀の器に盛られたオレンジだったが、ローズは何かを確認する前にそれを摑《つか》み、投げていた。

「いてっ！」

ローズはその勢いのまま、次々キウィやらリンゴやら果物をオニキスに投げつけた。

「何すんだよ！」

空になったとわかった途端《とたん》、ローズは銀の器を摑んでぶん投げた。

ゴン！　と素晴らしい音に続いてオニキスの悲鳴《ひめい》が聞こえた。

「痛ってえなあ……せっかく気付け薬を飲ませてやろうと思ったのに」

ローズは大きく息を吐《は》き、力を振り絞《しぼ》って起きあがった。オニキスがニヤリと笑った。

「口移しで」

ローズは嫌悪《けんお》を露《あら》わに睨《にら》んだ。

冗談ではなかった。竜司以外の男に触れられるなど、想像するだけで何もかも焼き尽くしたくなる。

ぼんやりとした視界が、徐々にはっきりとしてきた。

唇を歪《ゆが》めたオニキスがじっとこちらを見つめている。ローズよりも濃《こ》い青い目には、怒りよりも面白がっているような色があった。

「やっぱり、すっげえ綺麗《きれい》だな、おまえ……《ご機嫌《きげん》いかがか、姫》」

後半はドラゴン語で話してきた。

柔和《にゅうわ》な口調だったが、ローズはイリーナの言葉を思い出していた。

生まれたときから両親はいなかったローズだが、ずっと付き添《そ》って面倒をみてくれていたイリーナから、ドラゴンには五種族あると聞いていた。

ドラゴンはそれぞれが強大な力を持つゆえ、他の生き物のように群《む》れる習性はない。縄張《なわば》りを荒らされたりしない限り、他のドラゴンには無関心だ。

他のドラゴンと交流がないため真実はわからないが、イリーナが最も戦闘的で危険、と言っていたのがブラック・ドラゴンだ。

《ほら、気付け薬だ。これを飲めよ》

手渡されたグラスには褐色《かっしょく》の液体が入っていた。慎重《しんちょう》に匂いをかぎ、舌の先で試してから、ローズは一気に飲み干した。

効き目は絶大だった。頭を覆《おお》っていた霧《きり》が晴れていく。

これなら、戦える。

ローズはキッとオニキスを見つめた。自分をさらい、意のままにしようとした存在に対する怒りはまだ収まらなかった。

ドラゴンはプライドの高い生き物だ。他人を近づけたり、触れられたり、束縛《そくばく》されることを何よりも嫌《きら》う、孤高《ここう》の生き物。

たったひとり、心に決めたひと以外——。

《機嫌直ったか、姫?》

オニキスはなれなれしく顔を覗《のぞ》き込んでくる。

《……私はローズ。〝姫〟とあなたに呼ばれる筋合いはない》

生まれたときから親はいなかった。名などなかった。
ローズ。竜司が私のことをそう呼んだ。だから、それが私の名前。
《あなたが、巣を出た私をさらわせたの？》
《そう。生まれたときから巣にこもっていたおまえは、本当に世間知らずだよな。あんなに無防備に出てきて、危険な人間に捕まったらどうする気だったんだ。たちまち実験動物として体中を調べられ、切り刻まれていたぞ》
まるで、自分が保護してやったとでも言いたげだ。
《じゃあ、あなたはずっと私を見張っていたってこと？》
《そう。おまえの存在を知ってから、ずっとな。レッド・ドラゴンの結界は強固で、中に入ることはできなかったけどさ》
《どうして私の存在を知ったの？》
《秘密》
オニキスははぐらかすような笑《え》みを浮《う》かべた。肝心《かんじん》なことはへらへらかわす気らしい。
《あなたの望みは何。私を手に入れてどうしようというの？》
《言ったろ。その首飾りは婚約《こんやく》の証《あかし》。申し込む前に贈《おく》ったけどさ。俺の花嫁《はなよめ》になって欲しい》
《花嫁？》
《そう。贈り物は気に入ってもらえたかな？》

そっとオニキスが手を伸ばしてきた。ローズは反射的にのけぞった——が、オニキスの動きのほうが早かった。

首輪をつかまれ、ローズは否応《いやおう》なしに顔を上げさせられた。

《これはブラック・ドラゴンの女王に代々伝わるものだ。綺麗《きれい》だろ。おまえにぴったりだ》

《いらない、こんなもの》

ローズは首輪に手をかけた。だが、固い感触が返ってくるだけだった。最初に囚《とら》われたとき、この首輪をつけられた。それにこんな意味があったとは！

竜司以外の男から、贈り物なんか受け取る気はない。ローズは一生懸命首輪を引っ張ったが、やはりびくともしなかった。

ローズの奮闘《ふんとう》ぶりを、オニキスがニヤニヤ笑いながら見ていた。

《無理無理！　これはただの首輪じゃねえんだよな。〝契約《けいやく》〟の力を持っているんだ。この首輪をつけている限り、姫の居場所はいつでもわかる。そして外せるのは〝夫〟である俺だけだ》

だから、あっさり居場所がバレたのか。

そのとき、オニキスの目が細められた。

首輪につけられた、何か小さいボタンのようなものを引きはがす。

《へえ……してやられたな》

どこか楽しげに呟《つぶや》くと、オニキスはドアのほうに顔を向けた。

「甲斐《かい》！」

鋭く声を放つと、ドアが静かに開いた。部屋に入ってきたのは、黒いスーツを着た、細身の女性だった。一礼すると、長いまっすぐな黒髪が滑《すべ》るように揺れた。

どうやら、ドアのそばにずっと立っていたらしい。まったく気配を感じなかった。影のような女性だ。

甲斐と呼ばれた女性に向かって、オニキスがボタンのようなものを投げる。

「発信器ですか！」

手にしたものを見て、甲斐が声を上げた。

「奴らはここに来るだろう。『結界』を張ったとはいえ、ここは仮宿。協会《ソサエティ》お抱えの遺物使い《ブレイカー》ならば侵入《しんにゅう》は可能だろう。迎撃《げいげき》の準備をしろ！」

「ただちに」

甲斐が一礼すると、音もなくドアを閉めた。彼女はローズに一瞬たりとも目を向けなかった。

ローズは部屋を見回した。ここはどこなのだろう。ゆったりした大きいベッドに贅《ぜい》を尽《つ》くした調度品。英理子の家とよく似ている。広い続き部屋なのもそっくりだ。

《オニキス、私はあなたの花嫁になるつもりはない。何を企《たくら》んでいるの？》

ブラック・ドラゴンならば、他のドラゴンの力など必要としないはずだ。強大な力を持ち、他のドラゴンと馴《な》れ合わない——それがブラック・ドラゴンではなかったのか。

ましてや、会ったこともない幼体のレッド・ドラゴンの女と結婚など、正気とは思えない。
《うーん……やっぱり怪しむよなあ……》
困ったようにオニキスが黒い髪をかきあげた。
《あれにはい信頼関係が必要らしいしなあ。力づくなら簡単だったんだけど》
物騒《ぶっそう》な言葉にローズは身構えた。
オニキスが姿勢を正し、まっすぐローズを見た。その深い青い目には、今まで見たことがない真摯《しんし》な光が宿っていた。
《正確には、契約《エンゲージ》してほしい》
《エンゲージ？》
意味がわからず、ローズはまじまじとオニキスを見た。
オニキスが驚いたように言った。そして、頭を抱えた。
《知らないのか？》
《あ～、それなら言うんじゃなかった～。ずっと大事にして、心を許してくれたときに言うべきだった～う～》
一人でうんうん唸《うな》っているオニキスに、ローズはびしりと言った。
《説明をして！》
オニキスは観念したのか、しぶしぶ口を開いた。

《エンゲージってのは、ドラゴンの真の力を解放する儀式だよ。心から信頼しあったドラゴン同士だけができるんだ。もちろん、滅多にできるもんじゃないが、それだけに他を凌駕《りょうが》する力を手に入れることができるんだ》

ローズはイリーナの話を思い出した。

もしかして、ドラゴンの秘められた力を解放する方法がエンゲージなの？

《ま、そういうことだ。ちゃんと真実を話したぞ。俺とエンゲージしてくれ》

《……あなたは充分強いんじゃないの？　どうしてもっと力が必要なの？》

ドラゴンは普通、人間とは関わらない。稀《まれ》にローズのように、幼体のときに人間とふれあうと、比較的人間に対して寛容《かんよう》になることもある。

だが、彼の場合は人間を従《したが》えている。自分のようなケースとは違うような気がする。

《決まってるじゃん！　この世のすべての遺物《ロスト・プレシャス》を俺のものにするためさ！》

胸を張り、オニキスは堂々と答えた。

《え……？》

《ドラゴンの本能に従ったまでさ。お宝は全部俺のもの、ってね》

だから——あのファングとかいう組織を利用したのか。いや、もしかしたら彼が作ったのかもしれない。

だが、通常ドラゴンが宝を集めたくても、それに人間の手を借りるなど考えられない。

宝を手に入れるためには手段を選ばない、本能に忠実なオニキス。この風変わりなブラック・ドラゴンは、ある意味最もドラゴンらしいのかもしれない。
《というわけで、俺はもっと力が必要なわけ。エンゲージの相手は、最も美しく、そして強い力を持つレッド・ドラゴンって決めてたんだ。対等の相手でなければ、俺も契約しようとは思えないからな》
悪びれることなくオニキスが言った。ここまであっけらかんとされたら、何も言えない。
《でもさ……思った以上に美人でびっくりした。おまえ、今はまだチビだけど、絶対いい女になるよ》
ローズは冷ややかにオニキスを見た。
《私はあなたとエンゲージする気はないわ。ここから出して》
《つれないなあ、姫。でも、俺はこう見えて気が長いほうなんだ。時間もたっぷりあるしな》
《え？》
《姫を俺の城に招待するよ。ブラック・ドラゴンの結界に守られた、この世で俺しか行けない場所。邪魔者《じゃまもの》は入らない。そこでゆっくり仲良くなっていけばいいさ》
《勝手なことを言わないで！》
オニキスが駄々《だだ》っ子を見るような目になった。
《俺は決めたんだ、姫。そして俺はこれまで自分の思い通りにならなかったことなどない》

自然な、そして揺《ゆ》るぎのない口調だった。彼は誇張《こちょう》しているわけでも自慢しているわけでもない。

ただ、事実を言っているだけ。それが恐ろしかった。

ブラック・ドラゴンの結界?

そんなところに幽閉《ゆうへい》されたら、もう二度と竜司に会えない。

ここから逃げなくては!

立ち上がろうとした瞬間、オニキスが素早い動きでローズの口元に手のひらを当てた。

「!」

《逃がさないよ、姫》

甘ったるい香りが鼻腔《びこう》に侵入《しんにゅう》してくる。さっきもかがされた薬だった。

ゆっくり意識が混濁していく。再び、生温《なま》かいミルクの海へと落ちていく。

ローズは絶望を噛《か》みしめながら眠りに落ちていった。

勝機が見えない。

成体のブラック・ドラゴン。敵に回すには、最悪の存在だった。

「リュウジ……」

小さく呟くと、ローズはねっとりした泥《どろ》のような眠りに落ちていった。

＊

英理子が瓦礫《がれき》の山の上で、携帯電話を片手に何かまくしたてている。どうやら協会《ソサイティ》関係者に事態を伝えているようだ。

その横で、竜司はぼうっと足元の屋敷の残骸《ざんがい》を見つめていた。

陶器《とうき》のかけらが落ちている。バスタブだろうか？　この木片はベッドの足？

そして竜司は埃《ほこり》にまみれたレースのリボンを見つけた。人形のように着飾ったローズの姿が浮かんだ。

リュウジ――。

ローズの声が聞こえた気がした。だが、声は遠ざかっていく。必死で耳を澄ませても、もう聞こえない。

「くっ……!!」

突如《とつじょ》、すさまじい胸の痛みが竜司を襲った。心臓が刺すような冷水に満たされ、それが徐々に染み出し、体中に広がっていく。

これまでに感じたことのない、激しく重い痛みだった。竜司はぎゅっと心臓のあたりを服の上からきつく摑んだ。

そのとき、ようやく竜司は胸の痛みの正体を知った。

これは——喪失感《そうしつかん》だ。あまりに激しい痛みを伴《ともな》うため、気付かなかった。心にぽっかり穴が開いていることなど。

そうだ。

僕はずっと寂《さび》しかったんだ。思うたび、痛みに打ち震《ふる》えるほど。

でも、痛みの正体を見ないようにして。ずっとその感情を抑え込んできた。

痛みは悲鳴だった。耐《た》えきれない孤独に、心が泣き叫び、それに体が呼応《こおう》していたのだ。

「ローズ……」

咲き誇《ほこ》る赤いバラのような竜紋《りゅうもん》を持つ、金色の髪と水色の目を持った少女が脳裏《のうり》に浮かぶ。

「竜司くん！」

英理子の声に、竜司は我に返った。

携帯電話を片手に、英理子が険しい表情で竜司を見ていた。その顔には疲労の色が濃い。

「何をぼうっとしてるの⁉」

英理子が苛立《いらだ》ったように言った。

竜司は答えなかった。正確には答えられなかった。

ようやく自覚した自分の想いに、ただ呆然《ぼうぜん》としていた。

英理子が険しい表情で竜司の胸ぐらをつかんだ。

「竜司くん、このままで済ますつもりなの!?　ローズがどうしてオニキスって奴のところに自分から行ったかわかってるの!?」

竜司は力なく俯《うつむ》いた。

あのとき、ローズはわかっていた。このままでは竜司の命が危険にさらされると。

だからこそ、素性《すじょう》も目的もわからないドラゴンの男の元に自ら行ったのだ。

竜司を守るために。

「それだけじゃないわ！　ローズがどうして安全な巣を出てきたのかわかってる!?　竜司くんに会いたいためなのよ？　でもそんな自分の想いを殺してでも、竜司くんの安全のために自分を危険にさらしたのよ！」

そうだ。

素《そ》っ気《け》なく扱っても、ローズは揺るがない深い愛情を向けてくれた。

自分がいるのが迷惑だと知ると、大人しく戸倉《とくら》についていこうとした。僕が危ないと知ると自分の体を盾にしてかばってくれた。

だが、僕はローズのために何をしてやった？

何も。

まだ、何も。

ぐうっと熱いものが腹の底からこみ上げてくる。これまで感じたことのないような、激しい力がどんどん湧《わ》いてくる。

生まれて初めて味わう感覚に、竜司はゆっくり身を委《ゆだ》ねた。クールだ、といつも言われていた自分に、こんなにも熱く激しい衝動《しょうどう》が眠っていたなんて思いもしなかった。

「竜司くん、聞いてるの⁉」

苛立《いらだ》つ英理子に、竜司は口を開いた。

「僕は、ローズを連れ戻します」

高校生だからとか、何もできないとか、そんなことは関係ない。

今、はっきりわかった。僕はローズを助けたい。取り戻したい。

こんな簡単なことになぜ、気付かなかったんだろう。

竜司は絞《しぼ》り出すように言った。

「僕には彼女が必要なんです」

そう言った瞬間、肩から力が抜けた。

胸の奥底に空いた深い空洞《くうどう》のような喪失感はまだある。だが、すっと痛みが引いていく——

重く冷たい水に変わり、今度は燃えさかる闘志《とうし》が心を満たしていく。

英理子がぽかんと口を開けたまま自分を見ていた。

「英理子さん?」

絶句していた英理子が、ようやく口を開いた。

「竜司くん……顔つきが変わった……」

「え？」

「こんな、一瞬にして変わるもんなんだね。びっくりした。今、竜司くん、『男』の顔になってる」

照《て》れくさくなるほど、英理子がまじまじと見つめてくる。

確かに、自分の中で何かが大きく変わったことを感じていた。それが外見にも現れているのだろうか。

「一瞬にして『男の子』から『男』に変わるんだもん。びっくりした」

ふふっと英理子が楽しげに笑った。

「できれば、そのきっかけが私だったら嬉しかったんだけど」

「え？」

その声は小さく、竜司には聞き取れなかった。

「ううん、何でもない！」

英理子が笑顔で手を振った。

「じゃあ、ブラック・ドラゴンとファングと協会《ソサエティ》を出し抜いて、ローズを奪還《だっかん》するってことね⁉」

「ええ」

竜司は迷いなく言った。

「よく言った！」

英理子が背中を力任せに叩いてきた。

「そうこなくっちゃ！　ローズの居所は今、協会《ソサエティ》が探しているらしいわ。戸倉博士って結構抜け目なくってね。ローズの首輪に発信器をこっそり付けていたらしいの！」

「本当ですか！」

ならば、ローズの居所はすぐに見つかるだろう。竜司は力が湧《わ》いてくるのを感じた。

英理子ががしっと肩をつかんでくる。

「今、ローズの無事を純粋に願っているのは私たちだけよ。ファングも協会《ソサエティ》も他の人間はみんな、ローズを利用しようとしている。ローズを本当の意味で助けられるのは私たちだけ！」

そのとおりだ。英理子の言葉に、更《さら》に闘志が燃え上がる。

「おしっ！　ローズを取り返すわよ！　そして、遺物《ロスト・プレシャス》も取り返す！」

木っ端微塵《こっぱみじん》に破壊された屋敷の残骸《ざんがい》の上で、英理子が力強く拳をつきあげた。強い人だ。

「で、当てはあるの？」

竜司は頷いた。

「親に頼んで、強力な遺物《ロスト・プレシャス》を借ります。あの人たちならきっとAクラスの遺物《ロスト・プレシャス》の一つや二つ、持っているはずだから。呪念物《カーズド・プレシャス》でもいい。計測上では僕はランク10でした。きっ

と使える遺　物《ロスト・プレシャス》があるはずです」

　また暴走するかもしれない。でも、きっとねじ伏せてみせる。

　あれほどこだわっていた親との確執《かくしつ》も、今はもうどうでもいい。

　ローズを助けられるのなら、どんな不本意なことでもする。放りっぱなしにしてきた親にでも頭を下げる。

　英理子が大きく目を見開いた。

「遺　物《ロスト・プレシャス》を使うつもりなの。あれほどイヤがっていたのに」

「ただの高校生である僕がドラゴンに対抗《たいこう》しうる力を持つためには、遺　物《ロスト・プレシャス》の力を借りるしかありません」

　危険など厭《いと》わない。ローズは迷うことなく自分の身を呈《てい》して、僕を守ってくれた。

「本気……なのね」

　英理子がニヤリと笑った。

「竜司くんがそう言うのを待っていたわ。私もあの人、たちも。来て！」

　英理子が瓦礫の上を、危なっかしい足取りで歩き出した。竜司は慌《あわ》ててその後についていった。

＊

ローズは必死で頭を支配する、なまぬるい白い世界と戦っていた。

あんな奴に二度と触れられたくない！

ここを出て――。

どうするのだ？　〝巣〟に戻る？　それが一番いい方法だろう。あの結界はレッド・ドラゴンしか破れはしない。そこにいれば安全で快適な生活を送れる――。

だが、ローズは再び竜司と出会ってしまった。そして、竜司と一緒にいる生活を味わってしまった。

〝本当の幸せ〟を知ってしまったのだ。

もう戻れない。

ローズの目から涙がこぼれた。

竜司に会いたい。竜司は私のことをあまり好きじゃないようだけど、もっと好かれるように頑張るから、そばに置いてほしい。

もう竜司のいない生活など考えられなかった。

そうだ、帰ろう。竜司の元へ！

その熱い思いがマグマのように吹き出した。それは、白い世界を一気に吹き飛ばした。

きっと、ブラック・ドラゴンは追ってくるだろう。でも、私は戦う。きっと、竜司を守る。

その熱い思いが体にまとわりつく、黒い霧を振り払っていく。

ローズはがばっと起きあがった。

急激な覚醒《かくせい》のためか、こめかみに鋭《するど》い痛みが走ったが、構っていられなかった。

ローズはベッドからそっと下りた。

「リュウジ……」

ローズはまるで宝物のように竜司の名を呟いた。

その言葉はまるで魔法のようにローズに力を与えた。

竜司の顔が見たい。彼の胸の中で眠りたい。頭を撫《な》でてほしい。

それは恐怖を焼き尽くす力があった。

ローズは足を踏み出した。

そっとドアを開け、部屋を出る。絨毯《じゅうたん》の敷かれた廊下《ろうか》には幸《さいわ》い誰もいなかった。

絨毯のおかげで足音は消える。

無人の廊下をローズは軽やかに駆《か》けた。

なかなか端《はし》につかない。かなり大きい建物のようだ。

突き当たりにドアらしきものがあった。

だが、取っ手がない。引いても動かない。ローズは扉の横にある、矢印のついたボタンを押した。

ボタンが光ると、小さな振動音が下のほうから響いてきた。

ローズはエレベーターの存在を知らない。だが、本能的に移動の手段だと感じていた。

ポンと軽やかな音がして、ドアが開いた。

そこには今最も会いたくない人物――オニキスが立っていた。

ローズはじりっと後ろに下がった。

余裕《よゆう》の笑みを浮かべ、優雅《ゆうが》な足取りでオニキスはエレベーターから出てきた。

《さすが、レッド・ドラゴン。あの程度の黒霧ではもう効果がないな》

《邪魔しないで！》

威勢《いせい》のいい口調とは裏腹に、ローズはじりじりと後ずさりしていた。それは防衛本能によるものだった。

《怪我《けが》はさせたくない》

オニキスの左手に、黒い煙《けむり》のようなものがまとわりつき始めた。まるで彼の押し殺した怒りを表しているかのように、徐々に濃《こ》く、広がっていく。

その手がゆっくりローズに向かって伸ばされた。煙をはじき返すようにローズは叫《さけ》んだ。

《触らないで！　私は竜司以外のひとはいらない！》

オニキスの眉《まゆ》が寄せられ、そして目が細められた。

《竜司？　ああ、屋敷にいた坊《ぼう》や……姫は彼を望んでいるのか？》

ローズはこくりと頷《うなず》いた。

《じゃあ、あいつを殺そう》

顔色ひとつ変えず、オニキスはあっさり言った。

その言葉を聞いた瞬間、ローズの目の前が真っ赤に染まった。今までに感じたことのない急激で強大な怒りのためだ。

ローズの左手にその熱がすべて集まる。赤い竜紋はまるで溶鉱炉《ようこうろ》のような熱を持つ。

《滅《めっ》せよ！》

ローズは迷うことなく、竜紋から吹き出る炎をオニキスに向けた。燃えさかる火柱が、真紅《しんく》の大蛇《だいじゃ》のようにうねりながらオニキスを襲う。

世界が灼熱《しゃくねつ》に包まれた。

だが、次の瞬間、それは黒い霧によって一瞬にして消え去っていた。

ローズは目を疑った。

放った炎は、オニキスの腕の一振りで防がれてしまったのだ。成体と幼体。力の差はあると思ったが、まさかここまでとは。

ゆっくりとオニキスが近づいてくる。

ローズは唾《つば》を飲み込もうとして、喉《のど》がからからだということに気付いた。
桁違《けたちが》いの能力を持つ相手に、体が萎縮《いしゅく》してしまっている。
誰に言われずともはっきりわかる。
この男と戦っても勝てない。この男から逃げられない。
だが、生まれもったドラゴンとしての誇りがそれを認めることを拒否《きょひ》している。
《諦《あきら》めろ、姫。短命で弱い人間の男なんか》
《イヤ！　あっちに行って！》
ローズは自分の中の恐れを吹き飛ばすかのように力いっぱい叫んだ。
その激しい拒絶の言葉に、オニキスの顔が歪《ゆが》んだ。
《なら、しょうがねえ。今すぐあの坊やのところへ行って首をひきちぎってくるか》
《!!》
ローズは愕然《がくぜん》と、オニキスを見つめた。
《俺は本気だ。基本的には平和主義者だけどな。邪魔する奴は倒す》
ローズは目を見開いた。オニキスの口調は淡々《たんたん》とし、その表情は冷静そのものだった。確かにこの男ならば顔色ひとつ変えず、竜司を殺すに違いない。
そして今見せられた、圧倒的な力の差。竜司を守るどころか、ここから逃げ出すことすらかなわない。

《リュウジを殺さないで……》
ローズの声は震えていた。竜司が死ぬ。そんなことは想像もできなかった。
《なら、あの坊やのことは忘れろ。そもそも、人間なんかと結ばれるとでも思ったのか？　俺は人間の世界で人間と一緒に暮らしているが、人間はドラゴンを利用するか、忌《い》み嫌うかのどちらかだ。人間は異なる種族に対して、苛烈極《かれつきわ》まりない偏見《へんけん》を抱《いだ》く生き物だ。同じ人間同士ですらも憎《にく》み合い、殺し合うんだ》
《竜司はそんな人じゃない！》
オニキスが試すようにローズを見た。
《じゃあ、あの坊やも姫を愛していると言ったのか？　将来を誓《ちか》いあったのか》
《……》
ローズはしゅんとしてうつむいた。将来を誓い合うどころか、『愛の言葉』すらもらっていない。竜司からはいつも困惑《こんわく》した感情が伝わってきていた。
《人間はドラゴンが嫌いなんだよ》
《なんで？》
ローズはきょとんとした。
意味がわからない。嫌われるようなことをしていないし、するつもりもない。
《ドラゴンは人間に破滅をもたらす、と言われている。大昔から、俺たちは人間世界を破壊す

るもの、人類の敵なんだよ》
《そんなのわかんない！》
混乱したローズは思わず叫《さけ》んだ。やれやれ、というようにオニキスが肩をすくめた。
《俺たちドラゴンはその気になれば世界を滅ぼせるパワーを持っている。だから人は俺たちを恐れ、危険なものと見なしている》
《そんなことないもん！　リュウジもエリコも優しかった！》
私を助けてくれ、ごはんも作ってくれた。ふかふかの寝床《ねどこ》だって用意してくれた。
《世間知らずの子どもだからな、姫は。でもあいつらは、姫を協会《ソサエティ》に渡そうとしていただろ？》
ローズはぐっと詰まった。
《ドラゴンなんかそばに置きたくないんだよ。優しく見えても、本当は迷惑《めいわく》だったんだ》
《迷惑……》
——人間はドラゴンが嫌い。
竜司は困っているんじゃなくて、嫌っていた？　迷惑だったの？
ずぶずぶと槍《やり》で胸を刺されたような気がした。
こらえきれなかった。ローズの目から涙がこぼれ落ちた。
《うっ……ううう》
ぎゅっと拳《こぶし》を握りしめ、ローズはしゃくりあげた。人間がドラゴンを嫌いならば、どんなに頑張っても、竜司が自分のことを好きになってくれることはない。

胸が張り裂けそうだった。またいつか竜司に会えるのではないか、またあの腕の中に帰れるのではないかという希望は儚《はか》く潰《つい》えた。

《姫、あの男のことは諦めるよな？　はっきりそう言いな。でないと、今から殺しに行くぞ》

オニキスの冷たい声が、更にローズの体を鞭《むち》打った。

竜司が殺される——そんなこと、あってはならない。

《諦める……リュウジのことは諦める》

ローズは絞り出すように言った。

生まれたときからずっとずっと思い続けてきた、たった一つの存在。それは暗い夜空を照らす星のようだった。家族も仲間もいないローズにとって、竜司はいつでも心を明るく灯してくれる深夜の灯火《ともしび》のような存在でもあった。

だが、今やローズの世界は暗く閉ざされた。

ひとり。この広く暗い世界にたったひとりぼっち。不意に足元が消えてしまったかのような不安感に、ローズは大きく体を震わせた。

＊

「ここよ！」

屋敷の中心部に来ると、英理子は瓦礫を掘り始めた。竜司もそれにならった。

瓦礫をどけたそこには、分厚く頑丈《がんじょう》そうな、マンホールのような蓋《ふた》が見えてきた。

「ここは……」

「そう、遺物《ロスト・プレシャス》保管室よ。核《かく》シェルター並みの壁に囲まれてるから、あれしきの爆風、何ともないわ」

英理子がドアにつけられたハンドルをゆっくり回し始めた。

「よいしょっと」

英理子がゆっくり蓋を開ける。そこには地下に続くハシゴがあった。

「行くわよ」

「はい」

竜司は軽く息を吸い込んだ。遺物《ロスト・プレシャス》保管室――この世で一番嫌いな場所だ。

だが、今は〝奇跡〟を起こす力が必要だった。

それには遺物《ロスト・プレシャス》しかない。だが――。

冷たい汗が染みだす。

「思い出す？　あのときのことを」

ハシゴに手をかけた英理子が静かに言った。

「ええ」

　三年前、竜司は一つの仮面と出会った。英理子の買い物に付き合わされた竜司は、とある骨《こっ》董品《とうひん》店に入った。雑然とした薄暗《うすぐら》い店内の片隅《かたすみ》に、その木彫《きぼ》りの仮面は無造作《むぞうさ》に飾られていた。仮面は鬼のようにも菩薩《ぼさつ》のようにも見える不思議な表情をしていた。

　見つめた途端、竜司は〝捕まった〟。目には見えない冷たい手が竜司の体に飛び込み、空《から》っぽのコップに水が注がれるように、竜司の体全体を冷気が満たしていった。

　竜司は自分の意に反して、手を伸ばし、仮面を自分の顔につけていた。

「竜司くん⁉」

　英理子が気付いたときは、もう遅かった。

　解放せよ、解放せよ、解放せよ——迸る《ほとばし》濁流《だくりゅう》のような叫びが頭の中に響き渡り、竜司は絶叫《ぜっきょう》した。凄《すさ》まじい爆発音の後、竜司は土煙《つちけむり》の舞い立つなか、たったひとり、瓦礫の山の上に立ち尽くしていた。

　一瞬にして、その骨董品店を半壊させたと知ったのは、病院に運ばれた英理子から話を聞いたときだ。骨董品店のおじいさんはとっさに英理子が店外に突き飛ばしたおかげで打撲《だぼく》程度で済んだが、英理子は腕を骨折し、全治一ヶ月の重傷を負った。

「あのときは……すいませんでした」

　ぽつりと呟《つぶや》く竜司に、英理子は微笑《ほほえ》んだ。

「あれは不可抗力よ。あんな強力な呪念物《カーズド・プレシャス》があるなんて、誰もわからなかったんだから」

遺物《ロスト・プレシャス》の中には、己の力を解放させたくてうずうずしている危険なもの――いわゆる呪念物《カーズド・プレシャス》に多い――がある。感応力が強く、しかも訓練を受けていない人間が不用意に近づくと、強引に〝器〟として利用されるケースが稀《まれ》にあるらしい。

竜司が遺物《ロスト・プレシャス》感応力レベル10――いわゆる最高値をマークしていた『逸材《いつざい》』だったのも災いした。レベル10として公認されている遺物使い《ブレイカー》は世界中でも七人しかいない。

レベル10という高い感応力を持つ遺物使い《ブレイカー》は、遺物《ロスト・プレシャス》の力を引き出しやすいがゆえ、引きずられやすい。本来なら、コントロールするためのトレーニングを積むのだが、竜司はレベル10をマークしつつも、通常はほとんどの遺物《ロスト・プレシャス》にまったく感応しないレベル0、という極端な性質のため、訓練にならず、遺物《ロスト・プレシャス》教育センターから帰されたのだった。

実際、レベル10の資質を持ちながら、その力を発揮したのはこれまであの事故のときの一回だけだ。

「また、〝暴走〟するのが怖い？」

竜司は静かに頷いた。

自分の体が自分以外の何者かに支配されるあのおぞましい感触。

思い出すだけで、指先が痺《しび》れたように冷たくなる。

「正直……怖いです」

「初コンタクトがあれじゃ、仕方ないわよ。でも、遺物《ロスト・プレシャス》に引きずられるのではなく、拒《こば》むでもなく、同調するのは決して不快なことではないわ」

英理子の言葉が、自然に受け入れられた。竜司は頷いた。

ハシゴに手をかけると、英理子に続いて竜司はゆっくり地下へと降りていった。

中に入ると、すうっと冷たい空気が頬に触れた。

保管室は地下室という暗く狭いイメージを覆《くつがえ》す、大広間と言っていいほどの広さを誇る部屋だった。壁沿《ぞ》いにはガラスケースや棚《たな》がいくつも置かれている。だが、その中は今は空っぽのはずだ。十年前、ファングによって、七尾家《ななおけ》の遺物《ロスト・プレシャス》は根こそぎ奪われた。

前を歩く英理子の背中が少し寂しげに見えるのは、かつて自分の血をわき立たせた遺物《ロスト・プレシャス》たちの在りし日の姿を思っているからだろうか。

部屋の突き当たりに行くと、壁に埋め込まれた金庫らしきドアに英理子は手を伸ばした。

「ここに保管してある遺物《ロスト・プレシャス》はたった一つ。そしてそれは、竜司くんのための遺物《ロスト・プレシャス》なのよ」

「僕の？」

意味がわからず、竜司はまじまじと英理子を見つめた。だが、それ以上の説明をせず、英理子は指紋認証《しもんにんしょう》、番号入力と二重のロックを解除し、ドアを開けた。

英理子が細長い箱をそっと取り出す。その中から出してきたのは、一振りの短剣だった。柄《つか》にはウロコらしき紋様《もんよう》が彫り込まれ、象牙色《ぞうげいろ》の刃《やいば》は緩《ゆる》いウェーブを描いていた。

「これは……」

見覚えのある短剣に、竜司は絶句した。

「そう。あなたが七歳のとき、感応テストに使われた遺物《ロスト・プレシャス》、スラッシュ・ブレスよ」

顔色が変わるのがわかった。感応力がレベル10だと知った両親が、竜司のために用意したSクラスの遺物《ロスト・プレシャス》だ。協会《ソサエティ》の研究者や両親の前で、竜司はスラッシュ・ブレスを手に集中した。だが、スラッシュ・ブレスは沈黙《ちんもく》を保った。

遺物《ロスト・プレシャス》を使いこなせなかった竜司に対し、両親は落胆《らくたん》の色を隠そうともしなかった。露骨《ろこつ》にがっかりされ、竜司は必死で泣きたいのをこらえた。

以来、両親の息子への関心がより薄れていったような気がした。

もう八年も前のことだというのに、今もまざまざとあのときの屈辱《くつじょく》を思い出せる。

二度と見たくなかった遺物《ロスト・プレシャス》だ。

「これがどうしてここに?」

「ご両親から預かっていたのよ、私が」

英理子がうっとりとした視線を短剣に向けた。

「ドラゴンの牙《きば》で作られた短剣か。スラッシュ・ブレス——切り裂く息——いったいどれほどの力を秘めているんでしょうね。Sクラスの遺物《ロスト・プレシャス》だけど、ご両親は協会《ソサエティ》と話をつけて、これを私物としたのよ。ご両親の貢献《こうけん》は協会《ソサエティ》も無視できない。あなたは堂々とこれを手にすることができるわ」

「あのふたりが……」

何かに所属したり、縛られることを両親は極端《きょくたん》に嫌う。今もフリーのトレジャー・ハンターだ。世界遺物保護協会《ソサエティ》と情報交換をしたり、遺物《ロスト・プレシャス》に関する会合などには参加するものの、迎合することはない。

自分たちがルール。それがあの人たちのポリシーだ。

貴重な遺物《ロスト・プレシャス》を協会《ソサエティ》に報告するなどもってのほか。取り上げられるだけだ。協会《ソサエティ》から与えられる名誉会員の称号や感謝状など、彼らにとっては塵芥《ちりあくた》のようなものだろう。

なのに、敢《あ》えてSクラスの遺物《ロスト・プレシャス》を持ち出した。竜司のテストのために。そして、少なくない遺物《ロスト・プレシャス》の寄贈をして、これを認めさせた――なぜだ？

「これはね、いつか竜司が遺物を必要としたときにすぐに渡せるように、って預かったの。ウチはファングの襲撃《しゅうげき》後、保管庫の警備をより厳重《げんじゅう》にしたから、竜司くんのそばにあって安全な場所として適当だったんでしょうね」

「僕は……全然知りませんでした」

「ショックを受けた竜司くんの負担にならないよう気遣ったんでしょうね。白分から手にしたいと言うときまで、秘密にしてくれって言われてたの」

「両親がそんなことを……」

信じられなかった。遺物使い《ブレイカー》の才能がないから、両親は自分を省《かえり》みないのだと思っていた。確かに放任で、自分たちの好きなように奔放《ほんぽう》に生きている。でも、子どものことを気にかけていないわけではなかったのか。

ずっと心の奥底に沈み込んでいたわだかまりが、ゆっくり溶けていくのがわかった。

どうして――僕は気付かなかったんだろう。誰かが向けてくれる愛情に、こんなにも鈍感《どんかん》だ
ったんだろう。

「最強であるドラゴンの遺物《ロスト・プレシャス》。これがあれば、戦況はひっくり返せるかもしれない」

「僕にできるでしょうか……」

Sクラスの遺物《ロスト・プレシャス》。ランクが高ければ高いほどその扱いは困難を極め、必要な力も強大に
なってくる。

それを訓練も受けたことがない、力をコントロールできない自分が扱えるだろうか。

ましてや以前、完全に拒絶された遺物《ロスト・プレシャス》なのだ。

手の中のスラッシュ・ブレスがずしりと重く感じる。

力づけるように、英理子が肩を叩《たた》いてきた。

「遺物《ロスト・プレシャス》を遺物《ロスト・プレシャス》たらしめるのは、そこに眠る〝宝のような何か〟を引き出すこと。

竜司くんにはこれ以上はない素質がある。もう一度、トライしてみて」

「はい」

英理子が笑顔を浮かべた。

竜司はそっと短剣を握った。

冷たい、少しざらついた感触。今のところそれは、ただの『モノ』でしかない。

頼む、おまえの力を貸してくれ。

竜司は目を閉じ、必死でスラッシュ・ブレスに意識を集中した。

おまえの力を僕に貸してくれ。

八年前のあのときも、周囲でじっと見守る大人たちの無言の期待と圧力を感じながら、必死で祈った。

だが、その祈りは届くことはなかった。

そしてやはり、今もスラッシュ・ブレスからは何の応答もない。落胆と絶望が竜司の心をゆっくり覆《おお》っていく。

ダメだ。やっぱり、僕には無理なんだ。

体から力が抜けていく。

遺物《ロスト・プレシャス》を使えなければ、僕はただの高校生。ローズを助けに行くことなどできない。

でもそれじゃダメなんだ。

ローズに謝りたい。八つ当たりをしてしまったことを。

ローズを抱きしめてやりたい。捕らえられ、怯《おび》えているだろうローズを安心させてやりたい。

金糸のような髪をふわりと揺らせ、その湖水《こすい》のような目を輝かせてこちらに駆けてきた、ドラゴンの少女。

もう一度、彼女をこの手に――!!

ローズと過ごした短くも温かい時間を思い出した瞬間、頭の中で白い光が弾けた。それはまるで太陽が爆発したような衝撃だった。

「うわっ!」

手のひらに燃えるような感触がある。だが、離せなかった。まるで手の一部であるかのように、柄がぴたりと吸いついている。

ゆっくり、そこから熱が体に流れ込んできた。

「あ……」

いきなり、熱は堰《せき》を切ったかのように速度を増した。マグマのような奔流《ほんりゅう》が体中を駆《か》けめぐる。

圧倒されながらも、不思議と不快感はなかった。そう、これは僕が自ら望んだことなのだから。

どくんと、心臓が跳ね上がった。体中に満ちたパワーを体がもてあまし、発散したがっている。

たまらず、竜司は短剣を横なぎに振るった。軽いはずの短剣に、ぐっと引っ張られる。

「う……わっ!」

ごうっと風の唸《うな》りが聞こえたかと思うと、壁が斜め一文字《いちもんじ》に切り裂かれた。

「きゃあああ！」

英理子が悲鳴を上げる。

「な、何これ……」

短剣が——正確には短剣から紡《つむ》ぎ出されたかまいたちのような風が、灰色の壁をまるでケーキのようにやすやすと切り裂いていた。

竜司は大きく息を吐いた。スラッシュ・ブレスはまだぴたりと手に吸いついているが、あの何かに引きずられるような感覚はなくなっている。

「すごい……竜司くん、今あなたは遺物《ロスト・プレシャス》の力を引き出したのよ」

英理子ががしっと竜司の肩をつかんだ。その目は潤《うる》んでいた。

「え、ええ……」

壁を斜めに切り裂いた傷が二重に見えた。

竜司はめまいを覚え、目をきつく閉じた。ふらつく竜司の体を英理子がしっかり抱き留めた。

「揺り返し？　急に力を使ったからね。早く意識をスラッシュ・ブレスから離して！」

「どうやったら……」

金槌《かなづち》で叩かれているような頭痛が始まった。竜司は吐《は》き気を堪《こら》えた。

「レベル10の感応力の代償《だいしょう》ね。力を引き出しやすいけど、負担がかかる。コントロールを覚えなきゃ！　何かを強く思って、意識をそらすの！」

足から力が抜けていく。早く何とかしなければ。だが、スラッシュ・ブレスの気配が脳にがっちり食い込んで離れない。

何か、別のこと――。

浮かんだのは、青い目をした金髪の少女。

まるで頭の中を読んだかのように、英理子がポンと手を叩いた。

「そうだ、ローズのことを思うのよ！　ほら、ローズの入浴シーンとか！」

白い華奢《きやしや》な裸体《らたい》が浮かんだ瞬間、スラッシュ・ブレスの気配がかき消えた。

竜司はがくりとその場に膝《ひざ》をつく。全身がだるいが、めまいと頭痛は綺麗になくなっていたのがありがたかった。

「大丈夫？」

英理子が心配そうに覗き込んできた。竜司は肩で息をしながらも頷いた。

「ええ、何とか……それより、何てこと言うんですか、英理子さん」

「鼻血出てるわよ」

「えっ！」

慌《あわ》てて鼻の下をぬぐったが、何もついてない。

「嘘《うそ》だよーん！　竜司くんたらイヤらしい〜。何を想像したのかな〜？」

英理子が嫌味《いやみ》ったらしく身もだえした。竜司をからかうとき、英理子は心底楽しそうな表情になる。

屈辱《くつじょく》にわなないた竜司だったが、すぐに気を取り直した。こんなことで挫《くじ》けていては、この人の身内などやっていられない。

「とにかくお疲れ様！　初コンタクトは大変だったろうけど、次からはもっと楽になるわ。竜司くんは今、荒れ地に道を作ったようなもの。これからはその道をより早く、効率よく使えるように整備していくだけだから」

「道を……」

「そう。遺物《ロスト・プレシャス》を使えば使うほど、早く楽に発動させることができるわ。そしてもっと強大な力を引き出せる。Sクラスの遺物《ロスト・プレシャス》のポテンシャルはこんなものじゃないわ……と言ってもすごいけど」

英理子が深々と爪痕《つめあと》が食い込んだ壁を見つめた。

「……修理代、竜司くんのアルバイト料から引くから。向こう十年くらいはタダ働きね」

英理子のつぶやきは、幸い遺物に思いを馳《は》せている竜司の耳には届かなかった。

竜司は英理子が数秒でステッキの力を引き出したことを思い出していた。あれくらい迅速《じんそく》に使えれば、充分実戦に耐えうる。あとはコントロールだ。

「とりあえず、頑張ったご褒美《ほうび》」

英理子が差し出してきたのは、白い封筒《ふうとう》だった。

「これ、ローズから」

「え？」

「今朝、日本語を教えているときに書いたの」

封筒の中には、ローズの瞳と同じ空色のカードが入っていた。

二つ折りのカードを開くと、鉛筆《えんぴつ》で書かれたひらがなが目に入った。

りゅうじ、ありがとう。だいすき。

拙《つたな》いが、書き手の思いが伝わってくる字だった。

「テレビを見てたでしょ。ドラマに出てたんですって。特別な人に特別な思いを届ける手段として、手紙というものがあるって思ったみたい」

竜司は無言でカードを見つめた。手にしているだけで、ローズの体温が、あふれんばかりの愛情が伝わってくるような気がした。

「勉強しながら、ローズといろいろ話したわ。たどたどしくて、意味がわからなかったけど、竜司くんの卵事件がローズだったと聞いて意味が通じた。あの子は――ずっと竜司くんに会いたくて、それで安全な所から出てきたのよ。たったひとりで」

りゅうじ。そのたどたどしい字を見ていると、ローズが耳元で名前を呼んでいるような錯覚《さっかく》に囚われた。

「あのさ、戸倉博士が言っていた、刷り込み説をどう思う？」

「ああ、僕だけに懐《なつ》くのは、孵化《ふか》したときに初めて見た相手だった、という話ですね。それが？」

「卵生ということと、ちょうど生まれたときに出会ったってことで、あの博士はそう仮説を立てていたけどさ、私は刷り込みじゃないと思う。そもそも、高度な知能を持つドラゴンが鳥類なみってことはないだろうし」

「刷り込み……じゃない？」

どくんと大きく心臓が波打った。

英理子が戸惑う竜司をじっと見つめた。

「あれって、一目惚《ひとめぼ》れってやつじゃないの？」

「一目……惚れ？」

「そう！　本能は本能でも、女の本能！　初めて会ったときから竜司くんのことを忘れられなくて、十年間、恋焦《こいこ》がれてきたんじゃないの？」

「そんな……」

だが、どこかで納得している自分がいた。刷り込みだと言われて苛立ったのは、なぜか裏切られた気がしたからだ。

「恋した男に会いたいがために、世間知らずのドラゴンが巣を飛び出したんだよ。勇気を振り絞ってね。だからこそ、竜司くんに会えてすごく嬉しかったんだと思う」

戸惑うほどの、一途《いちず》でパワーあふれる愛情をぶつけてきたローズ。

「ローズが帰ってきたら、大事にしてあげてね」

「はい……！」

またおいしい料理を作ってやりたい。そうだ、アイスクリームも忘れてはいけない。

きっと疲れているだろうから、安らかな眠りにつくまで、そばについて髪を撫《な》でてやるのだ。

ローズの幸せそうな寝顔を思い出し、竜司は自然に顔がほころぶのを感じた。

「ふふ……にやけているわよ。まあ、ゆっくり休んでなさい。その間、ローズの情報を手に入れておくから」

「はい……」

英理子が携帯電話を使い始めた。

「どうですか？　その後、何かわかりました？　もちろん、タダとは言いませんよ。ドラゴンの髪、一本でどう⁉　……じゃあ、三本。これ以上は無理！」

竜司はぎょっとして英理子を見た。

ローズの髪をちゃっかり、がめていたのか。さすが七尾一族。抜け目がない。

ドラゴンの髪に何らかの力があるとは考えにくいが、単なるコレクションとしても欲しがる人間は星の数ほどいるだろう。

「取引成功！」

意気揚々《ようよう》と英理子が電話を切った。

「わかったわ！　ローズは都内にいる！」

「本当ですか！」

すぐ近くにいる——そのことに竜司はホッとした。

「非常線が張られるのを予測していたようね。本拠地は別なんでしょうけど、ほとぼりがさめるまで隠れているつもりだったんでしょう」

「何にせよ、すぐに駆けつけられますね！」

「しかも、ここ麻布《あざぶ》から目と鼻の先よ。青山に新しく建設中のホテルに結界を張っているんですって」

ならば、車で十分もかかるまい。

「ただ、協会《ソサエティ》の情報だから、そっちの保安部隊《キーパーズ》とぶつかるのが煩《わずら》わしいわね……」

「保安部隊《キーパーズ》？」

耳慣れない言葉に、竜司は問い返した。

「協会《ソサエティ》もただぼうっとファングたちの乱行を手をこまねいて見ていたわけじゃないわ。以前からお抱えの武闘《ぶとう》集団を育てていたの。彼らが出動してくるんですって」

「どんな人たちなんですか？」

「軍人くずれ、犯罪者あがり——雑多な武闘派集団だけれど、たったひとつ、共通点があるわ」

世界遺物保護協会《ソサエティ》が擁《よう》する武闘派集団。ならば、思いつく共通項《きょうつうこう》はひとつ。

「遺物使い《ブレイカー》、ですか」

「そうよ。協会《ソサエティ》が手塩にかけて育てた、ね」

そして、協会《ソサエティ》が所持する強力な遺物《ロスト・プレシャス》も渡されているだろう。まさしく、プロの遺物使《ブレイ》い《カー》集団だ。しかも、元軍人などがいるならば、通常の戦闘も長けているに違いない。

オニキスに辿《たど》り着くまで、私設軍隊に先がけ、ファングの包囲網《ほういもう》を突破しなくてはならないのか――。

「囚われのドラゴンのお姫様を救い出すのは至難の業ね」

「強力な遺物使い《ブレイカー》のコンビとSクラスの遺物《ロスト・プレシャス》。何とかなりますよ」

竜司の言葉に英理子が目を丸くし――そして破顔一笑した。

「ブラック・ドラゴンと協会《ソサエティ》を相手どって、『何とかなる』か。そんなこと言うの、世界で竜司くんだけよ」

「きっかけを与えてくれたのは英理子さんですよ」

信頼を込めて、竜司は微笑んだ。強靭《きょうじん》な精神と、ずば抜けた行動力、幅広《はばひろ》い知識とコネを遺物《ロスト・プレシャス》業界に持つ、レベル7のハトコ――英理子がいなければ、ローズがどこにいるのかもわからなかっただろう。

ローズ、待ってろ。すぐに行くから――。

5章 命がけの再会

夏休みということもあり、午後の青山通りはショッピングや食事を楽しむ人たちで賑《にぎ》わっている。

大通りから一本外れたところにある、建築中のホテルの前に竜司《りゅうじ》と英理子《えりこ》は立っていた。空に向かってそびえ立つホテルは、秋にオープンを予定しているらしく、外観はもう完成している。あとは細かい内装部分を残すのみなのだろう。

オープン間近のホテルは沈黙《ちんもく》を保っていた。人の気配《けはい》はない。

「……ここに結界が張られていて、中にローズがいるなんて嘘《うそ》みたいですね」

竜司はベルトの後ろにはさんだスラッシュ・ブレスの感触を確かめた。

シャツを羽織《はお》っているので、外から見て短剣を所持しているのはバレないはずだ。長剣でなくてよかった。

目を細め、英理子がじっとホテルを見つめた。感応力のある人間なら、集中さえすれば、うっすらと透明《とうめい》の壁があるのがわかるだろう。レベル10の竜司にはホテルをぐるりと包み込むガラスの塔《とう》に見えた。

だが、ここに結界があると知らされてなければ素通りしていただろう。

英理子が感心したようにうなった。

「遺物使《ブレイカー》いにも気付かれないよう、うまく結界を張ってあるわね。しかもこんな高層ホテルを囲む巨大な結界を難なく維持《いじ》している。さすがブラック・ドラゴン」

「で、どうするんですか？」

「この結界を自分たちで破壊するには凄《すさ》まじいパワーがいるわ。だけど、中に入るだけなら、そう難しくはない」

英理子はホテルの外側に沿《そ》って歩き出した。

ホテルの周辺はシンプルなオブジェやベンチが置かれた、ちょっとした庭園になっている。

通りから見えない場所に来ると、英理子はステッキを振り上げた。

「幻舞《げんぶ》、『破壊』！」

だが、ガラスのような結界はびくともしない。

「……おかしいわね。少しは反応があってもいいと思うけど。もしかしたら、ドラゴンの張る結界って特殊《とくしゅ》で、ドラゴンの力によってしか開かないの？」

英理子の言葉に、竜司は腰に差したスラッシュ・ブレスを取り出した。

ドラゴンの牙《きば》でできているという短剣。

ふっと息を吐《は》き、竜司は短剣を構えた。

ゆっくり手の中の短剣に意識を集中する。急激に引っ張らないよう、そうっとその気配をたぐり寄せる。慎重《しんちょう》に──しっかりその力を摑《つか》む。よし！

竜司は鋭《するど》く真一文字《まいちもんじ》にスラッシュ・ブレスを振るった。キンと金属的な音がしたかと思うと、ばっさりその空間だけガラスの壁が消えた。

「おおお！　すごい！」

英理子が両手を叩く。頰《ほお》を紅潮《こうちょう》させ、竜司は頷《うなず》いた。

大丈夫。僕は遺物《ロスト・プレシャス》を使える。戦える──！

満足そうに短剣を構える竜司を見て、英理子が軽く笑った。

「何ですか？」

「あんなに遺物《ロスト・プレシャス》を嫌《いや》がっていた竜司くんが、変わるものだって思って……」

「そうですね」

思えば、劇的な変化だった。長年、避《さ》けていた遺物《ロスト・プレシャス》や両親に対する気持ちが、たった一日でまったく違うものに変わっていた。

「人生を変える出会いってあるのよ。私にとっては遺物《ロスト・プレシャス》がそれ。心を奪われ、恋い焦《こ》がれ、人生を賭《か》けてもいいと思う。竜司くんはそれが理解できないって言ってたわよね」

英理子が微笑《ほほえ》んで竜司を見た。

「でも、竜司くんも、今はその気持ちがわかるんじゃないの？」

「ええ」

ローズ――あのドラゴンの少女と出会って、今までの価値観がすべて根底から覆《くつがえ》ってしまった。

「これは私の経験上の忠告。そういう出会いはね、決して抗《あらが》えないし、無視できないし、忘れられないから。あがくだけムダよ」

英理子がいたずらっぽく笑った。

これから、命を賭けた戦いの場に赴《おもむ》くというのに、自然に笑える余裕がある。竜司は改めて、この豪快《ごうかい》なハトコを見直した。

ふたりはおそるおそる結界の中に足を踏み入れた。

ホテルのドアを開ける。

「うわあ……」

広々としたホールに、英理子が感嘆《かんたん》の声を上げた。磨《みが》き上げられた大理石の床《ゆか》がまばゆい。

もうほとんど、ホテルの内装はできあがっていた。まだソファなどの家具類は入っていないので、開放感にあふれている。

そのとき、竜司はハッとして上を見上げた。

遙《はる》か上に飾られたシャンデリア――そのずっと上に〝何か〟の気配を感じたのだ。

「どうしたの?」

「上に……何かいます」

「そんなことがわかるの⁉」

英理子が竜司に倣《なら》って上を見上げた。

「うーん、私にはわからないわ……」

「そうですか」

これはレベル10の感応力とは違う気がした。竜司はスラッシュ・ブレスを見た。

ドラゴンの遺物《ロスト・プレシャス》を持つことにより、ドラゴンの気配を感じ取りやすくなっているのか?

にわかには信じられない仮説だったが、Sクラスの遺物《ロスト・プレシャス》と思えば、それも納得がいく。

「とりあえず、上がっていこうか。エレベーターは使えるわよね……えーと、フロントの脇《わき》を奥に進むとあるのね」

設置された館内図を見た英理子が足を進めた。

そのとき、ジャキッという不吉な音が耳に届いた。

「動くな!」

鋭い制止の言葉に、竜司と英理子は凍《こお》りついた。さきほどの音は、銃《じゅう》の撃鉄《げきてつ》を起こす音に似

た。

ヨットガンと銃の種類は違えど、その姿は堂《どう》に入《い》っており、素人《しろうと》でないことはすぐにわかっ

背後には、カーキ色の迷彩服《めいさいふく》を着た男が六人いた。全員、銃を構えている。ハンドガンやシ

竜司は不服そうな英理子をなだめるように目で合図をしながら、言うとおりにした。

「両手を挙げて、ゆっくりこちらを向け」

ていたが、どうやら本物らしい。

「あんたたち、誰よ！」

英理子が恐がりもせず怒鳴《どな》る。度胸がありすぎる。

そんな英理子の問いを完全に無視し、リーダーらしき角刈りの男がじっと観察するようにこちらを見た。服の上からでも腕や胸の筋肉が盛り上がっているのがわかる。

「所属と名前を言え」

反発するかと思いきや、英理子が胸を張った。

「私たちは遺物《ロスト・プレシャス》保護団体、セブン・テイルズよ。私は代表者の七尾《ななお》英理子。彼は如月《きさらぎ》竜司！」

「七尾と如月？」

どうやらここでも名前が通っているようだ。男の顔から険しさが消えた。

「そう！　日本屈指のコレクター、七尾家と、世界的に有名なトレジャー・ハンターの如月家

の者よ。あなたたち、もしかして協会《ソサエティ》の保安部隊《キーパーズ》？」

リーダーの男がゆっくり銃を下げた。

竜司はようやく息をつき、両手を下ろした。

「ああ、そうだ。私は遺物管理部保安部隊の千崎《せんざき》。世界遺物保護協会《ソサエティ》からレッド・ドラゴンの奪還《だっかん》命令が出ている。一般人は邪魔《じゃま》だ。すぐに退去しろ」

「一般人じゃないわ！　さらわれたドラゴンの少女は、私たちが保護していたのよ！」

「ああ、例の……目の前でかっさらわれたという一般人か」

男たちの顔に冷笑が浮かんだ。英理子のまなじりがつり上がる。

「おまえたちは出ろ。ここは俺たちが任された」

「あいにく、私たちは協会《ソサエティ》の公認団体じゃないから、指図《さしず》は受けないわ！」

「邪魔をされては困るんでね」

脅《おど》すように、男は手にしたショットガンを軽く振った。

「ドラゴン相手にそんな銃、きかないと思うけど」

「見た目はただの銃だが、弾丸は違う。これは既存《きぞん》の武器と遺物《ロスト・プレシャス》を組み合わせたハイブリッド・ウェポンだ」

男は静かに言った。

ハイブリッド・ウェポンに武装集団。協会《ソサエティ》はいろいろ開発しているらしい。

「さっさと失せろ。さもなくば——」

「何よ？」

英理子の目が戦闘的に輝く。あまりに強情《ごうじょう》で挑発的《ちょうはつてき》な英理子の態度に、千崎の顔が険《けわ》しくなった。

そのとき、空気が揺れた。

「ぎゃあああ！」

後方にいた保安部隊《キーパーズ》の男の服が切り裂《さ》かれ、体から血が飛び散った。

「なんだ⁉」

千崎が慌てて男に駆《か》け寄る。男は苦しそうに体を抱きかかえていた。男の体の表面が、まるでカマイタチにあったかのように服ごと切り裂かれていた。

「危ない！」

唸りを上げる黒いものが千崎を襲《おそ》う。

竜司はとっさにスラッシュ・ブレスを振った。目に見えない空気の刃が回転しながら飛ぶ黒いものを弾き飛ばした。

からからと床の上に落ちた黒い楕円形《だえんけい》のものを竜司は拾い上げた。大きさはお盆《ぼん》くらいか。

鉄板のようだが、もっと薄く固い。そしてうっすら熱を持っていた。これが高速で放たれれば、鋭《するど》い切れ味を発揮《はっき》するだろう。変わった武器だが、威力《いりょく》は抜群《ばつぐん》だ。

「英理子さん！」

黒い円盤状のものが半円を描きながら、英理子に襲いかかった。のけぞった英理子の鼻先すれすれを黒いものが唸《うな》りを上げて通過し、壁に突き立った。

「あそこだ！」

千崎が二階の廊下を指差した。手すりの向こうに人影がある。見覚えのある姿があった。あのとき、オニキスといた黒スーツの女だ。その背後には数人の男たちの姿があった。ファングのメンバーだろう。

保安部隊《キーパーズ》が一斉に銃を撃ち始めた。

「うわっ！」

保安部隊《キーパーズ》の男が黒い円刃の襲撃に倒れる。別方向にもファングの男がいた。

「竜司くん！　離脱するわよ！」

英理子が手を引く。

「なんとか、エレベーターまで行かなきゃ」

エレベーターまで約三十メートル。だが、そこでは激しい銃撃戦が繰り広げられている。

さっと英理子がステッキを振り上げた。

「幻舞、『霧煙《むえん》』！」

一瞬にして、辺りが真っ白い霧で包まれる。

ぎゅっと竜司の手が握られた。

「こっち！」

英理子に引っ張られるようにして、濃密《のうみつ》な白霧の中を竜司は駆けた。

男たちの舌打ちや罵声《ばせい》が遠のいていく。

「英理子さん！　いいんですか、協会《ソサエティ》のお抱えですよ！」

こんなことが世界遺物保護協会《ソサエティ》にバレたら、団体を公認してもらうどころか、つまはじきにされてしまうかもしれない。

「平気よ！　今はローズを取り戻すことだけ考えなさい！」

ボタンを押すと、二人は転がるようにしてエレベーターに乗り込んだ。

英理子は迷わず最上階のボタンを押す。エレベーターがゆっくり上昇し始めた。

「一気に最上階に行っていいんですか？　もしかして、途中にいるのかもしれませんよ」

「竜司くんがそう感じたんでしょ？　だったら信じるわ。寄り道していたら、あいつらに追いつかれちゃう！」

英理子の信頼感が痛いほど伝わってきた。はからずもコンビを組むことになった相手だが、今ここに一緒にいるのが英理子で本当によかった。

竜司は、この跳ねっ返りで傍若無人《ぼうじゃくぶじん》で、だが行動力と決断力のあるハトコに改めて感謝した。

「さっきのファングの武器は？」

「置いてきちゃいました……」

「もう！　もったいない！　あれ、ドラゴンのウロコじゃないの？」

「ウロコ？」

大きすぎてわからなかったが、確かにウロコのようにも見える。

「ドラゴンのウロコを削《けず》ったりして、武器にしているのかもね。保安部隊《キーパーズ》の強化服をやすやすと切り裂くくらいだもの。ただの武器じゃないわ。欲しかったなあ、もう！」

「すいません……」

そのとき竜司は、英理子の手にショット・ガンがあることに気付いた。

「英理子さん、それ……」

「ああ、落ちていたから拾ったの。ハイブリッド・ウェポンなら役に立つかと思って」

転んでもタダでは起きない。さすが七尾一族。

そう思った瞬間、チンとかろやかな音を立て、エレベーターは最上階に着いた。ゆっくり扉が開く。

「綺麗ね……」

フロアに出た英理子が呟《つぶや》いた。

そこは広々としたホールになっていた。この後、オブジェやソファなどの装飾品や家具が置かれるのだろう円形のホールを、二人は進んだ。

竜司はぎゅっと胸を押さえた。

「どうしたの？　発作？」

「違います……」

苦痛や閉塞感はない。ただ、ドキドキする。胸騒ぎにも似ているが、これは——。

さっき、このホテルに入ったときに感じた気配に近い。

ローズが近くにいるのか？

竜司は辺りを見回したが、人影はない。だが、絶対にそばにいる。そんな確信があった。

「ローズ!!」

竜司は力の限り叫んだ。その声は壁や天井にぶつかり、反響した。

「ど、どうしたの、竜司くん！」

いきなり叫んだ竜司を、英理子が呆然《ぼうぜん》と見つめる。だが、竜司は構わず叫び続けた。

「ローズ！　僕だ！　どこにいる！」

そのとき、かすかな声が聞こえた。それで、充分だった。

その声はどこかたどたどしい発音だったが、『リュウジ』と聞こえた。

英理子の目が輝《かがや》く。

二人は声のしたほうへと走っていった。

ホールを突っ切ったその奥に、二つの人影が見えた。

背の高い黒髪のスーツ姿の男、そして、金色の髪をした少女――。

「ローズ!」

竜司の声にローズは顔を輝かせたが、一瞬にしてその表情は曇《くも》り、うつむいた。その姿はまるでしおれた花のようだった。様子がおかしい。

「ローズ?」

「そこまでだ! 動くな!」

オニキスの鋭い制止の声に、竜司と英理子は足を止めた。

「また、おまえらか……甲斐《かい》たちは防げなかったようだな」

オニキスは大して動揺《どうよう》も見せず、淡々《たんたん》と言った。

見れば見るほど、圧倒的な存在感のある男だった。

肩にかかるほど長い黒髪。彫りの深い顔立ちに青い瞳。黒いスーツをびしりと着こなしたバランスのとれた長身。

今は羽を出していないせいもあり、一見、普通の人間に見える。

だが、遺物使い《ブレイカー》の竜司たちは、彼から漂《ただよ》う強烈なオーラをひしひしと感じていた。

「結界内にまで入ってきたんだ。大人しく帰るわけはないよな。さて、どうするかな」

ローズがキッとオニキスを睨《にら》んだ。

「はいはい、わかった……姫は怖いな。俺も無益な殺しはしたくない。だが、俺が何を言ってもムダだろうな」

オニキスがローズの肩に手を置いた。

「姫から決別の言葉を。でなくば、彼は諦《あきら》めないだろうから」

オニキスにうながされ、ローズが竜司に視線を向けた。

あのパワー全開で飛び込んできた、生気に満ちていた少女はそこにはいなかった。何か大切なものが抜け落ちてしまったような、人形のようなローズがそこにいた。

「リュウジ、来ないで。エリコと一緒に帰って」

ローズの言葉に竜司は耳を疑《うたが》った。

何だって？

「ローズ、どうしたんだ？」

「もう、いいの。私のこと、放っておいて」

ローズが顔をそむけた。拒絶を意味する言葉と素振《そぶ》りに、竜司に迷いが生じた。

ローズが僕といたいと思ったのは勘違《かんちが》いだったのか？

「そういうことだ。ドラゴンはドラゴン同士、一緒になるのが一番いいってことだな。まあ、人間の出る幕じゃない」

ドラゴン同士――。

竜司はうつむいているローズを見つめた。この同じドラゴンの男といるほうが、ローズのためなんだろうか。

「さあ、行くぞ。姫」

オニキスがローズの肩に手をかけた。ローズがゆっくり顔を上げた。胸が痛くなるほど悲しそうな顔をしていた。

「迷惑《めいわく》かけて、ごめんなさい」

「迷惑?」

意味がわからず、竜司はローズを見つめた。

「わたし、人間がドラゴン嫌《きら》い、知らなかった」

ローズが何かを堪《こら》えるように、ぎゅっと服を握った。

その青い目から涙がぽろりとこぼれ落ちた。

「ごめんなさい、リュウジ。もう、迷惑かけない」

「そういうことだ。彼女はもう、おまえと会うつもりはない」

ぐっとオニキスに手を引かれたローズがとぼとぼと歩き出した。

迷惑? ドラゴンが嫌い? 人間の出る幕じゃない——ローズとオニキスの言葉がぐるぐると頭を駆けめぐった。

遠ざかっていくローズの背に、竜司は思わず叫んだ。

「ローズ！　僕はドラゴンのことを何も知らない！」

ローズの足がぴたりと止まった。ゆっくり振り返ったローズのすがるような目と竜司の目があった。

いつも一生懸命、自分のあとをついてきた少女。自分に会うために、遠い地から来た少女。

「でも、ローズ、おまえのことは嫌いじゃない！」

「嫌いじゃ、ない？」

ローズの目が大きく見開かれる。竜司の一声に、虚《うつ》ろなローズの目に光が宿る。

違う、正確じゃない。言葉に出さなければ。ちゃんと伝えなければ、ここに来た意味はない！

竜司は必死で叫んだ。

「迷惑なんかじゃない！　僕にはローズが必要なんだ！」

「ひつよう？」

ローズがきょとんと首を傾げる。

「ローズはまだ語彙《ごい》が乏《とぼ》しいのよ！　そんな持って回った言葉じゃ伝わらないわよ！　ほら、わかりやすい言葉があるでしょ！」

英理子が竜司の耳をつかむと唇を寄せた。

「おまえが好きだ、よ」

「ええ!?」

竜司は思わずのけぞった。そんなこと、真顔で言えるわけがない。

だが、英理子はガンとして譲《ゆず》らなかった。

「ローズに一番わかりやすい言葉でしょ！　ほら！」

「うっ……」

竜司はローズに向き直った。

「ローズ！　ぼ、僕はおまえがす……」

好きなんだ。それだけのことが言えない。

顔が燃えるように熱かった。こんな簡単な言葉がなぜ言えないのか不思議だが、標準的な日本人のメンタリティを持つ男にとってはバンジージャンプ並みの思い切りが必要だ。

しかも、英理子がニヤニヤ笑いながら横で見守っているとあれば尚更《なおさら》だ。

何かを勘《かん》づいたのか、ローズがじっと期待に満ちた目で見つめてくる。

今までついぞ感じたことのないプレッシャーが竜司を襲った。この瞬間に比べれば、七歳のときの遺物《ロスト・プレシャス》感応力テストなど、大したことじゃなかったと言い切れる。

ローズが目を凝《こ》らし、じっと自分を見つめている。一心に自分の言葉を待っている。

竜司はごくっと唾《つば》を飲み込み――そして。

思いっきり崖《がけ》から飛んだ。それぐらいの気持ちだった。

「好きなんだよ、おまえが！」

「好き⁉」

ローズの顔が輝いた。隣で英理子が小さく拍手するのが聞こえた。

顔は今にも爆発しそうに熱いが、空に舞うような爽快感《そうかいかん》があった。

「そうだよ！　今、助けてやるから！」

「姫、あの男のことは諦《あきら》めると言っただろう？」

苛立《いらだ》ったようにオニキスが言った。その体から見えない殺気が立ち上るのがわかる。

ハッとしたようにローズの顔が強《こわ》ばった。

「ダメ！　オニキス、リュウジ、殺すと言った！　来ないで！　リュウジ、殺される！」

拙《つたな》い日本語だったが、意味が伝わった。

「大丈夫だ！　おまえは僕が守る！　信じろ！」

何の確証もなかった。だが、叫ばずにはいられなかった。

こくん、とローズが頷いた。その頬は薔薇色《ばらいろ》に上気していた。

「んっ！」

ローズの眉《まゆ》が寄せられた。何か苦痛に耐《た》えるように、その体がふるふると震える。

「ローズ⁉　大丈夫か？」

「あうっ！」

ローズが小さく悲鳴を上げた瞬間、その背から服を突き破って、真紅《しんく》の翼《つばさ》が出てきた。

「うわあ……」

竜司は思わず声を上げた。

ビロードでできているかのような、艶《あで》やかな真紅の翼が大きく広げられた。

大きいといっても、体高の二倍はありそうなオニキスの巨大な翼と違い、ローズの翼は一メートルほどしかない。

ローズがはふうと小さく息を吐《つ》き、まじまじと背後にある翼を見つめる。

「もしかして、成長したのか？」

竜司は戸倉博士の言葉を思い出していた。ローズは人間でいう第二次性徴期《せいちょうき》に入ったのかもしれない。

オニキスは呆然と、羽を広げたローズを見つめている。

その隙《すき》を逃さず、英理子がステッキを高々と掲《かか》げた。

「幻舞、『氷雪《ひょうせつ》』!!」

一瞬にして、そこは風がうなる雪原と化した。

凍《こご》えるような風に、視界をさえぎる真っ白い雪の乱舞――。

幻惑《げんわく》はドラゴンにも有効らしい。オニキスが猛然《もうぜん》と唸りをあげる吹雪の前に、手で顔面を覆《おお》っている。

「ローズ!!　来い！」

竜司は大きく手を広げ、叫んだ。

「リュウジ!!」

全身の力を振り絞るような声が吹雪を切り裂いた。

そして解き放たれた鳥のように、ローズが一直線に駆けてきた。

吹雪をものともせず胸に飛び込んできたローズを、竜司は力いっぱい抱きしめた。

甘い香り、艶《つや》やかな髪の感触、そして温かくやわらかい体——ほんの少し離れていただけというのに、まるで何十年も離れていたかのような郷愁《きょうしゅう》を感じた。

胸に温かいものが満ちていく——ずっとなくしていたパズルのピースがぴたりとはまったような、しっくりくる感覚。

「大丈夫か？　ローズ」

そっと髪を撫《な》でながら、竜司はローズの顔を覗き込んだ。

「リュウジ……」

ローズは微笑んでいたが、明らかに疲れが見てとれた。あちこち連れ去られ続けているのだ。その精神的ショックは計り知れない。

そのとき、何の前触れもなく吹雪が止んだ。

黒い羽を大きく広げたオニキスがこちらを見ていた。どうやら幻覚を破ったらしい。

「気に入らねえなあ……」

　竜司の腕の中にいるローズを見ると、オニキスは目を細めた。オニキスの体から発散される凄《すさ》まじいパワーは物理的な圧力となり、竜司の体を打った。睨まれるだけで体が強張り、足がすくむ。

「出しゃばりやがって」

　オニキスが翼を一振りした。

「あっ！」

　その風圧に英理子の体が軽々と宙を舞い、壁に叩《たた》きつけられた。

「英理子さん！」

　慌てて駆け寄ろうとした竜司を、顔をしかめた英理子が手で制した。

「私は大丈夫だから……ローズを守りなさい」

　よろよろと起きあがる英理子を、竜司は見守るしかなかった。

　オニキスは気にした風もなく、冷ややかな視線を竜司に向けた。

「気安く触るなよ。ローズは俺の花嫁《はなよめ》だ」

「花嫁？」

　竜司は驚いてローズを見た。ローズが首を激しく横に振り、首輪に手をかけた。しかし、引っ張ったところで取れはしない。

「その首輪が〝婚約〟の証《あかし》ってわけだ」

婚約指輪のようなものか――そう思った瞬間、今まで感じたことのない、熱を持った不快感が竜司の胸にわきあがった。

竜司は腰に差したスラッシュ・ブレスを引き抜いた。こいつなら、きっと何とかできる。そう、信じている。

あの遺物《ロスト・プレシャス》フリークの両親が息子のために選んだ遺物《ロスト・プレシャス》なのだ！

「フン……そんな短剣で何をするつもりだ？　その首飾りはブラック・ドラゴンの一族に伝わってきた代物だ。Aクラスの遺物《ロスト・プレシャス》でも破壊できねえよ」

竜司はバカにしたように嘲笑《ちょうしょう》を浮かべるオニキスを見つめた。

「ドラゴンの牙でもか？」

「何!?」

呆然とするオニキスを横目に、竜司はスラッシュ・ブレスを首輪に思い切り叩きつけた。

ガキッという固い手応え。そして、金色に輝くその表面にヒビが入り――ローズの首から力なく落ちていった。

「な……」

オニキスが信じられないという目でその光景を見つめていた。

竜司も改めてスラッシュ・ブレスを見つめた。この短剣の威力《いりょく》は本物だ――。

たった一つ、両親が贈ってくれた遺物《ロスト・プレシャス》。それは、ドラゴンとすら対等に戦えるかもしれない奇跡の一品。

不器用でわかりにくいけれど、両親の自分への思いがしっかり伝わってきた。

竜司はスラッシュ・ブレスを握る手に力を込めた。絶対に、生きてローズを連れて帰る。

「これで、その〝婚約〟とやらは解消だな」

竜司は一気にスラッシュ・ブレスの力を開放した。

一振りすると、それは空気の刃《やいば》となって、オニキスを襲った。

黒い羽が大きく、強くはためいた。ただそれだけで、スラッシュ・ブレスの一撃は跳ね返された。

スラッシュ・ブレスの刃は四方八方に飛び散り、ガラスを叩き割り、柱や壁を切り裂いた。

凄まじい衝撃波《しょうげきは》が耳をつんざくシンフォニーを奏《かな》でる中、竜司はただ呆然と立ちつくした。

こんなにも、差があるのか⁉

「人間風情《ふぜい》が調子に乗るなよ！」

オニキスの右手に黒煙《こくえん》が渦《うず》巻《ま》く。それは屋敷で見た黒い霧とは桁違《けたちが》いの濃密な気配に満ちていた。

オニキスの腕から放たれた黒煙が一気に竜司に向かってきた。一歩も動けない。背筋に冷たいものが走る。

した。

「ダメ！」

叫んだローズの手から炎がうなった。燃えさかる炎は、竜司に向かってきた黒煙を吹き飛ばした。

「くっ……」

竜司はスラッシュ・ブレスをきつく握りしめた。

両親が僕のためにわざわざ用意したという遺物《ロスト・プレシャス》。ならば、絶対もっと力を引き出せる、相性のいい武器のはずだ。

竜司は心を静め、ゆっくりスラッシュ・ブレスに集中した。

ローズが竜司から注意をそらすかのように、鞭《むち》のようにしなる炎をオニキスに向かって出し続けている。

ドラゴンの牙——その力はこの世のすべてを切り裂けるはず！　それがたとえブラック・ドラゴンであろうとも。

信じるんだ——。

目を閉じると胸に静寂《せいじゃく》が訪れた。森の奥にある湖畔《こはん》に佇《たたず》んでいるようだ。細胞の一つ一つが洗われていくような清涼感《せいりょうかん》。不安も戸惑《とまど》いも、今この胸にはない。

大丈夫。この刃で切り裂けないものはない。

「はっ！」

竜司は集中するままに、スラッシュ・ブレスを振った。

透《す》き通る半月のような一撃が発せられた。

ハッとしたオニキスが、かばようにその巨大な羽で自分の体を覆った。

ズザッ！

鋭い音とともに、オニキスの黒い羽に斜めに傷が入った。羽を切断するには至《いた》らなかったが、傷はかなり深い。

「や、やった！」

銃弾をも跳ね返すブラック・ドラゴンの羽に一矢報いることができた。

もっと、力を引き出せれば、きっと勝てる！　スラッシュ・ブレスのポテンシャルはこんなものじゃない。それはわかる。

ドンッ！

腹の底から響く音が傍《かたわ》らで起こった。

オニキスの羽の表面に点々と丸い銃痕《じゅうこん》が散らばった。

「うーん、大したダメージは与えられないわね。ハイブリッド・ウェポンか何か知らないけど、まだまだ改良の余地ありね」

隣でショット・ガンを構え、舌打ちしたのは英理子だった。髪も服もすっかり乱れてしまっているが、その目の輝きは衰《おとろ》えていない。

「英理子さん！　大丈夫なんですか？」

「たかだかあれしきでこの七尾英理子が戦線離脱すると思ってるの？　さあ、ぼけっとしてないで、たたみかけるわよ！」

「はい！」

そうだ、三人の力を合わせれば――。

そう思った瞬間、ざわりと悪寒が走った。一瞬にして空気が凍りついたかのようだ。

オニキスの体から、めらっと黒い炎が立ち上っていく。それはあたかも彼の怒りを表現しているようだった。

「姫――考え直しな。今ならまだ間に合う」

オニキスが静かに言った。だが、その声には背筋を冷たくするような怒りが込められていた。

「こいつらは殺す。だけど、姫は殺したくない」

ローズが頑《かたく》なに首を横に振った。

オニキスの目がつり上がった。

「人間とドラゴンが結ばれるわけねえだろ！　相容《あいい》れないんだよ！　絶対幸せになれないんだぞ！」

オニキスは苦痛を堪えるかのように顔を歪め、激高《げっこう》した。

「おまえはまだガキで世間知らずだから知らねえだろうが……。人間とドラゴンは昔から殺し合い、戦う運命なんだよ……」

その言葉は重い真実味をもって、聞く者の耳に届いた。オニキスは通説でなく、経験によって語っているのかもしれないと思わされた。

確かに——。ドラゴンは忌《い》むべき生き物で、倒すべき標的。そんな説話が世界中に転がっている。

竜司はローズを見つめた。

だが、ローズは微塵《みじん》も揺《ゆ》らいでいなかった。

天に向かってまっすぐ伸びる若木のように、ローズは凛《りん》と立っていた。

ローズは目をそらすことなく、まっすぐオニキスを見据《みす》えた。

「そんな運命、私が変えてみせる！　私は絶対に幸せになる！　リュウジも幸せになる！」

一寸の迷いもない言葉だった。心から彼女はそう信じている。そして、それを実現させる自信に満ちていた。

虚《きょ》をつかれたように、オニキスがローズを見つめた。

「だって、私はリュウジが好きなんだもん！」

トドメとばかりにローズが堂々と宣言した。

「バカどもが……勝手にしやがれ！」

オニキスの顔にびきびきと黒い血管のような筋が浮き上がり、またたくまに体を覆っていく。

ごおっと強風が吹き、竜司たちは壁に叩きつけられた。

「ギャオオオオーン!!」

聞いたことのない咆哮《ほうこう》がフロアに響き渡る。びりびりと鼓膜《こまく》に痺《しび》れが走った。
突如《とつじょ》、天井に貼られた透明《とうめい》のパネルがすべてが破壊された。

「危ない!」

竜司は英理子とローズの上に覆い被さった。体の上にパネルの破片がバラバラと雹《あられ》のように降ってくる。

しばらくして、崩壊《ほうかい》がようやく止んだ。竜司たちはそろそろと顔を上げた。

「あ……ああああ!!」

英理子の目が見開かれた。竜司は声もなく、わずか五メートルほど離れたところで優雅に黒い羽を広げている生き物を見た。体長十メートルはあるだろう。

邪魔な天井を吹き飛ばし、悠々《ゆうゆう》とそれは宙に浮かんでいた。

すべての音が遠ざかっていく。目の前のものが現実だと、認識できないのだ。

圧倒的な存在を目の当たりにしたとき、人は雷《かみなり》に打たれたように身動きが取れなくなる。

体中を覆うのは光沢のある黒い鱗《うろこ》。ぎょろりと見開いたは虫類のような目は深い海のような青、そして耳までさけた口にはずらりと鋭い牙が並んでいた。手足にはがっしりとした象牙《ぞうげ》のようなツメがついている。長い恐竜のようなしっぽは、一撃で一軒家《いっけんや》くらい破壊できそうだ。邪悪で禍々《まがまが》しい、だが、思わずひざまずいてしまいそうな神々しさを兼《か》ね備えた奇跡の存在。

それは、本の中でしか見られないはずの幻獣《げんじゅう》。

戦慄《せんりつ》が体を駆け抜け、足から力が抜ける。

「これが――ドラゴン！」

英理子の声は恐怖より、興奮でうわずっていた。

「あ！」

こちらをぎろりと睨んだブラック・ドラゴンが大きく口を開いた。刀剣を並べたような鋭い牙の奥には、地獄《じごく》の入口のような赤黒い口腔《こうこう》が広がっていた。その口から黒い炎のようなものが放出される。

三人は慌てて駆けだした。黒炎にあぶられた壁や床が一瞬にして消滅した。黒い粉塵《ふんじん》がまき散らされ、それもやがて消えた。竜司は目の前の光景が信じられなかった。

たった一撃で、最上階の半分くらいが跡形もなく消えていた。

それはまさしく、死と破壊を体現していた。

これが、成体のドラゴンの力なのか！

「竜司くん！」

英理子の悲鳴のような声に、竜司は振り返った。

ブラック・ドラゴンがもうすぐ近くまで来ていた。牙をむいた口が大きく開く。ごおっと息を吸い込む音が聞こえた。

「くっ！」

竜司はスラッシュ・ブレスを振るった。だが、真空の刃はブラック・ドラゴンの固い鱗にあっけなくはじき返された。

まったく効かない！

竜司の絶望を上塗りするように、ブラック・ドラゴンの口から黒炎が吐き出された。

「うわあああああ！」

ローズの手から飛び出した真紅の炎が、かろうじて黒炎の向きを変えた。燃えさかる黒炎が最上階を消し飛ばしていく。

ぎろりとブラック・ドラゴンの目が竜司を捉《とら》えた。

「竜司くん！」

英理子が銃を撃つが、やはりその弾丸はブラック・ドラゴンの体に届かない。

ダメだ——。

体中が黒く塗りつぶされていくような感覚——死ぬ、のか。

死を覚悟した瞬間、ブラック・ドラゴンの首の一部が弾け飛んだ。何かが着弾した、とすぐにわかった。

「ギャオオオン!!」

苦痛の声を上げたブラック・ドラゴンが、ランチャーらしき巨大な筒を構えた男を捉えた。

「千崎さん!」

額《ひたい》から血を流し、ボロボロになった千崎がランチャーを再び構えた。ドラゴンの体に傷をつけられるとは、強力なハイブリッド・ウェポンなのだろう。

だが、大したダメージは与えられていない。このままでは全員殺される。

なんとか——なんとかしないと!

竜司は傍《かたわ》らのローズを見た。ローズもまた、この絶望的な状況を打破したいと必死で願っている。

だが、どうすればいい? 半人前の遺物使い《ブレイカー》と幼いドラゴンの少女に何ができる!?

——契約《エンゲージ》

そんな言葉がフッと頭に浮かんだ。

「あつっ！」

左の手のひらに火を押しつけられたような痛みが走った。

思わず手のひらを見た竜司は息を呑《の》んだ。

そこには赤い円状の紋章が浮かんでいた。ほのかに光る赤い文字たちは、竜司にはまったく解読できなかった。本で見た魔法円のようだ。

凄まじい音がした。千崎が二発目をブラック・ドラゴンに向けて撃っていた。だが、弾道は既に読まれていた。ブラック・ドラゴンが吐き出した黒炎が弾を一瞬にして黒い塵《ちり》へと変えた。

千崎の顔がひきつった。初めて見せた、絶望的な表情だった。

「リュウジ」

ローズがおずおずと右手のひらを出してきた。そこには、白分と同じ赤い紋章が浮かんでいた。

「なんだこれは?」

エンゲージ。同じ紋章――。

本能のようなものだった。竜司はゆっくり手のひらをローズの手のひらにくっつけた。

触れた瞬間、体中に電流が走ったようなショックを受けた。

「うわああ！」

「きゃう!」

同じようにローズも悲鳴《ひめい》をあげる。

ローズの手を通し、竜司の体の中に温かいものが堰《せき》を切ったかのように流れ込んできた。

「あ……」

それは、まごうことなき愛情の奔流《ほんりゅう》だった。

リュウジに会いたい――その思いを募《つの》らせ、結界を出たローズの決意。

再会に胸を躍《おど》らせ、更に思いを深くしたローズ。ローズは竜司の仕草、言葉、表情のすべてを大事に胸にしまっていた。

リュウジが大事。彼を守るためなら、どんな犠牲《ぎせい》も厭《いと》わない――。

そんなローズのたった一つの願い。それは。

リュウジと一緒にいたい、ただそれだけだった。

こんなに――僕のことを想っていてくれたのか。十年間もずっと。

あふれんばかりの愛情に包まれ、竜司はどこか泣きたいような気持ちになった。

ここから帰ったら――僕がもっと大事にしてやる。おまえがくれた愛情に負けないくらい、僕も――。

ローズがハッとしたようにこちらを見た。まるで竜司のその想いが伝わったかのように。

その白い頬がみるみる赤く染まり、唇がほころんだ。

それはこの上なく幸せそうに見えた。

――契約完了《エンゲージ・リコグニション》

そんな言葉がまた頭の中でこだまする。

契約が完了？

意味がわからず、竜司はローズの手をぎゅっと握った。ローズもためらうことなく握りかえしてくる。

ふたりの目が合った。

その瞬間、手にしたスラッシュ・ブレスが炎に包まれた。

「うわあああ！」

スラッシュ・ブレスはまるで太陽を引きずり下ろしたかのような凄まじい業火《ごうか》をまとっていた。

その炎は竜司を力づけるように、轟々《ごうごう》と燃え上がっている。

大きく口を開けたブラック・ドラゴンが千崎に迫《せま》っていた。黒炎で一瞬にして消滅させるのではなく、オニキスは憎しみのままにその体を食いちぎろうとしている。

「オニキス！」

竜司は叫ぶと同時に床を蹴った。

倒さなくては、僕たち全員が殺される！

竜司は無我夢中で炎の剣を振り上げた。

ハッとしたようにブラック・ドラゴンがこちらを見る。

竜司は炎をまとった剣を袈裟懸《けさが》けに振り下ろした。

紅蓮《ぐれん》の炎がドラゴンの首から胸にかけてバッサリと斜めに切り裂いていく。その傷口は轟然《ごうぜん》と燃えさかっていた。

「ギャオン！」

苦痛の声を上げ、ブラック・ドラゴンが身もだえした。灼熱《しゃくねつ》の炎が全身をあっという間に包んでいく。

たまらず、ブラック・ドラゴンが床に落ちた。そのままゴロゴロと転がっていく。ようやく炎は消え、焼けこげた部分から白い煙がのぼった。

ブラック・ドラゴンが力なく頭を垂《た》れた。肉の焦《こ》げた嫌な匂いが漂ってくる。

「倒した……のか？」

信じられず、竜司はまじまじとブラック・ドラゴンの巨体を見つめた。小山のようなそれは、ぴくりとも動かない。

千崎と英理子が呆然とこちらを見ていた。

「よかった……リュウジ！」

背中の羽をバタバタと動かし、ローズが竜司に飛びついた。羽のおかげか勢いがつき、竜司は受け止めきれずにもんどり打って倒れた。

「ローズ……落ち着いて」

ローズが頭をぐりぐりと胸にこすりつけてくる。

そのローズの肩越しに、ブラック・ドラゴンがゆっくり首を起こすのが見えた。

その青い目は苦痛より勝る憎悪に輝いている。

それはもう竜司を映してなどいなかった。ただ、同種であるローズだけを見ていた。

凄まじい勢いで突進してきたブラック・ドラゴンが、その腕を振り上げた。その先には巨大な鎌《かま》のような鋭い爪——。

「ローズ！」

何も考えられなかった。

竜司はローズの体を横に突き飛ばした。

瞬間、腹部に鉄球を叩きつけられたような激しい衝撃を感じた。

「あ……」

腹が燃えているかのような熱い感触。切り裂かれたのだと、すぐにわかった。

「く……」

ゆっくり体から赤い血が流れ出していく。

霞《かす》む視界のなか、よろよろと立ち上がろうとしたブラック・ドラゴンが体勢を崩し、自ら破壊した床から落ちていく姿が見えた。あれは最後の力を振り絞った一撃だったのだ。

「リュウジ！」

ローズの悲痛な声がやけに遠くで聞こえる。

腹から、血が、いや、生命がゆっくり流れていくような感覚だけがあった。痛みも音も視界も、すべてが遠ざかっていく。

薄れいく意識のなか、自分が受けたのが致命傷《ちめいしょう》だとわかった。

両親、英理子、そしてローズの顔が浮かぶ。死ぬ前にこれまでの記憶が走馬燈《そうまとう》のように浮かぶって本当だったんだな。

まだ、死にたくはなかった。親にも話したいことがいっぱいあった。英理子さん、そしてローズにも言いたいことがたくさん——。

暗く深い穴に落ちていくような感覚に、竜司は身を委《ゆだ》ねた。

ふっと、胸に火が灯《とも》った。それは小さいが温かく、消えゆく竜司の意識を引き戻した。

灯火《ともしび》はゆっくり体中に広がっていく。手足に感覚が戻っていく。

「竜司くん！」

この泣き声は英理子さんだ——。何か声をかけようとし、竜司は唇がふさがれていることに気付いた。

そこから、温かい息が吹き込まれ、それが体を徐々に回復させていくのがわかる。

優しい唇の感触。そしてゆらゆら揺れる太陽の光のような黄金の髪。

ローズだ。

なぜかはわからないが、ローズの息を吹き込まれると体が回復していく。ドラゴンにはそんな力があるのか——。

そのとき、遠い昔の記憶が蘇《よみがえ》った。

五歳のあのとき、生まれたばかりのローズは僕にキスをした。あれは高山病で意識朦朧《もうろう》としている僕を助けてくれようとしていたのか。

優しい、愛情深いドラゴンの少女。

フッと唇が離れた。

もう少しだけ——触れあっていたかった。そんな思いが浮かぶ。

「ローズ……」

はっきりと目が見えた。心配そうに自分を見つめているローズに、竜司はゆっくり笑って見せた。

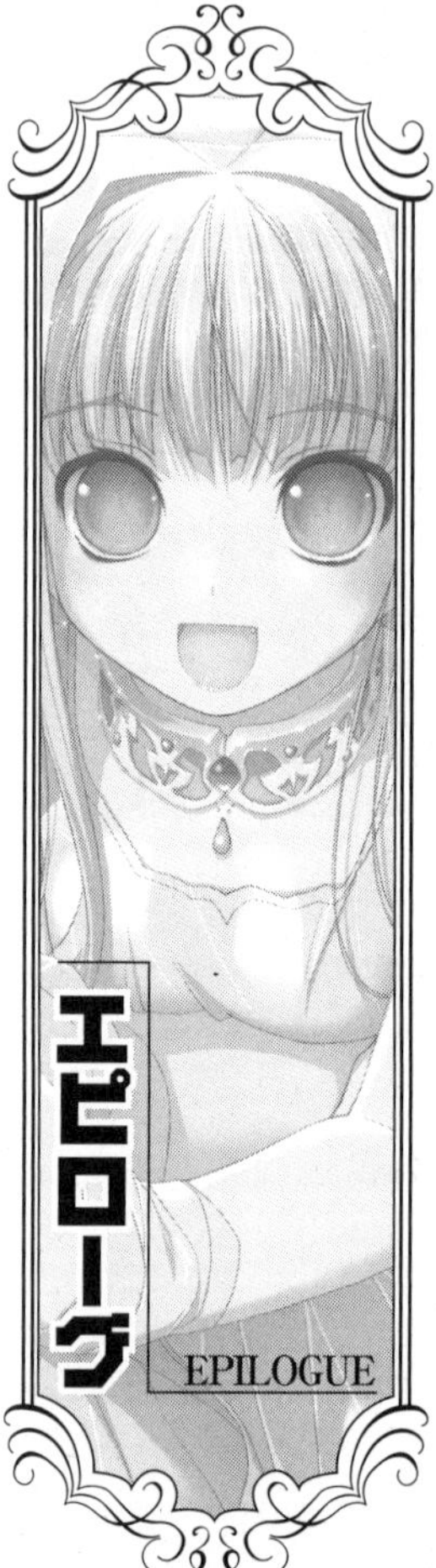

エピローグ
EPILOGUE

「ひどいもんだったわよー！　内臓が飛び出していたんだから！」

「……英理子《えりこ》さん、それ言うの三度目ですよ」

竜司《りゅうじ》は後部座席に座りながら苦笑した。ホテルを脱出した三人は英理子の車に飛び乗り、竜司のマンションに向かっていた。

サイレンを鳴らす消防車や警察車両が、反対車線を猛《もう》スピードで走っていく。

竜司たちがホテルから出たとき、結界は解けてしまっていた。

最上階が完膚《かんぷ》無《な》きまでに破壊されたホテルは衆目《しゅうもく》にさらされ、大騒ぎになった。次々集まる野次馬《やじうま》たちの間をすり抜け、竜司たちは慌《あわ》てて現場を立ち去らなくてはならなかった。

後部座席で竜司は、ぎゅっと自分に抱きついて離れないローズの髪をゆっくり撫《な》でながら、まだ興奮冷めやらぬ英理子に苦笑していた。

「だって！　もう完全に死んでたもん！　顔も青いっていうか、ドス黒いっていうの？　死人そのものだったしさー！　なのに、ローズが人工呼吸をしたら、みるみる傷がふさがって、顔色がよくなってきて……ほんとすごいわよね！　ドラゴンって！」

「そうですね……」

ドラゴンの息吹《いぶき》には死にかけの人間を回復させる力まである。どこまで神秘の力を持っている生き物なのだろう。

「リュウジ」

ローズがこちらを見上げていた。何かを決意した目をしている。竜司は思わず姿勢を正した。

「何？」

「私、ここで降りる」

「え？」

驚いた英理子が急ブレーキを踏んだ。つんのめりながらも、竜司はローズを見つめた。

「どうしたんだ？」

「ずっと、考えてた。私といると、リュウジ、迷惑《めいわく》。危険。また、ドラゴンや人間、来る」

「ローズ……」

ローズの表情は真剣そのものだった。この賢明なドラゴンの少女は、竜司の身の安全を最優先に考え、その結論に達したのだ。

それが身体を震《ふる》わせ、唇《くちびる》をきつく引き結ばないと涙がこぼれ落ちそうになるほどつらい決断でも、ローズは受け入れるつもりなのだ。

「そうだな。きっとおまえを狙って、いろんな奴らが来るだろうな……」

竜司はそっとローズの髪を撫でた。激しい戦闘のおかげでせっかくの金髪が埃《ほこり》にまみれている。帰ったら、綺麗《きれい》に洗わないとな——。

「オニキスも……きっとまた来るだろう」

「死んだ、ってことはないわよね」

英理子がぽつりと言った。

一階に下りたとき、落ちたはずのブラック・ドラゴンの姿はなかった。死んだ、とはとても思えなかった。彼は〝ドラゴン〟なのだ。

彼女を追って、またファングや協会《ソサエティ》からうるさいほど追っ手がくるだろう。想像を絶するトラブルに巻き込まれるに違いない。

だが、なぜか今は大したことではないように思えた。竜司はそっとローズの手を握《にぎ》った。

「だからさ、僕はもっと強くなるよ。ローズのそばにいられるように」

そう言った瞬間、ローズの目が大きく見開き、たまっていた涙がぽろりと落ちた。

「僕がそばにいたいんだ。ローズの。だから、迷惑じゃない。そばにいてくれるか？」

ローズが大きく頷《うなず》き、竜司の胸に飛び込んだ。

その柔らかく温かい体を抱きしめながら、竜司は自分の心が満たされていくのを感じた。

僕は知ってしまった。この上もなく充足されるこの瞬間を。

もう、これがないと生きていけそうにない。

「あーあ、やってらんない。二人だけ楽しそうに！」

拗《す》ねたように英理子が言い、いきなり車が急発進した。ぐんぐんスピードが上がっていく。

「わあああ！　英理子さん、落ち着いて！」

「後部座席でいちゃいちゃしちゃってさ！　私だけ仲間ハズレ？」

「すいません！　ほんっとすいません！」

竜司が叫《さけ》ぶようにして謝ると、ようやくスピードが緩《ゆる》められた。竜司は大きく息を吐《つ》いた。

「英理子さんには本当に申し訳ないと思っています。屋敷もなくなっちゃったし」

今回、一番被害を受けたのは英理子かもしれない。

ところが、英理子はあっけらかんと手を振った。

「いいのいいの、屋敷くらい。また建てればいいんだしさ。それに、悪いことばっかりじゃないわよ」

すっと差し出された英理子の手には青い雫型《しずくがた》の石がついたイヤリングがあった。それは十年前、七尾家《ななおけ》から奪われ、ついさっきまでオニキスの耳についていたものだ。

「英理子さん……いつの間に」

「ドラゴンに変身したときに取れたみたいでさー。落ちてたからすかさずゲットしてきたの！　ふふ！　まずは一つ奪還成功《だっかん》～！」

嬉《うれ》しげに言う英理子に、竜司は微笑《ほほえ》んだ。本当にバイタリティのある人だ。そばにいるだけで元気になる。少し傍《はた》迷惑だけど。

「そうそう竜司くん、さっきの話だけど、エンゲージって言葉が頭に響いたんだよね」

「ええ。そうしたら、手のひらに紋章が浮かんだんです」

ふたりの紋章を合わせせた途端《とたん》に体中に満ちたパワー。そして契約《エンゲージ》という言葉。

「スラッシュ・ブレスに宿った炎って、ローズの力じゃないかと思うんです。たぶん、僕とローズの力が合わさったんじゃないかと……」

「エンゲージすれば、ドラゴンのすごい力、使える」

ローズがたどたどしく言った。

「ドラゴンのすごい力？」

「オニキス、私とエンゲージしたかった。でも、できなかった」

「なるほどね……ドラゴンの力をより引き出す方法が契約《エンゲージ》ってわけか。オニキスはそれを狙ってローズを手に入れたかったのね。でも、結局、竜司くんが契約《エンゲージ》しちゃったと……竜司くん、大丈夫？」

「ええ……」

竜司は体のだるさを堪《こら》え、英理子にバックミラー越しに頷いてみせた。

ドラゴンの力が乗り移ったかのような契約《エンゲージ》後のパワー。だが、それは普通の人間には荷が重いのかもしれない。竜司の体ははっきりと休養を求めていた。

反して、ローズは元気そうだ。ドラゴンの桁違《けたちが》いのパワーはこういうところにも現れているのだろう。

「竜司——竜を司るもの。そして竜の牙《きば》でできた短剣。もしかしたら、ご両親はドラゴンについて何かご存じかもね」

英理子がそう呟《つぶや》いた。

「そんな大層な……。単にあのひとたちはドラゴンが好きってだけですよ」

「まあ、そうかもね！　あの遺物《ロスト・プレシャス》好き夫婦だもんね！」

英理子と竜司は声を合わせて笑った。両親のことを思い出しても、もう胸は痛まなかった。

こんなふうに屈託《くったく》なく笑い飛ばせる日が来るなど、夢にも思わなかった。

すっかり膝《ひざ》の上を定位置にしてしまったローズが、竜司をじっと見つめてきた。

「リュウジ、私のこと、あいしてる？」

「え？　ええ？」

「あいしてる？　あいしてるって言って！」

ローズが噛《か》みつくように言った。どうやら英理子と二人で楽しく話していたのが気に入らなかったらしい。その頬《ほお》がぷうっと膨《ほお》れている。

英理子がくすくす笑いながらバックミラーを見た。

「愛してる、って言ってあげたら？」

「え、ええっと……」

愛してる。真顔で女性に言うのは、十五歳の男にとってなかなかの難問だ。

崖《がけ》から飛び降りるはどの勇気は、さすがに一日に二回も出せそうにない。

困った。だが、それは決して悪い気分ではなかった。

「また、今度な」

「むううう〜〜〜」

ローズが納得いかない、というように睨《にら》んできた。

「そうだ、ローズ、アイスクリーム食うか？」

「あいすくりーむ？」

ローズの顔がみるみる輝《かがや》く。どうやら話をそらせそうだ。竜司はホッとした。

「そう、冷たくて甘いやつ。英理子さん、コンビニがあったら寄ってください」

「はいはい。私にも買ってね！　ハーケンダックじゃなきゃイヤよ！」

「……太りますよ」

「何か言った⁉」

「いえっ！　英理子さんはいつ見ても綺麗だなって」

「当たり前でしょ、そんなこと！」

「いててて！　耳を引っ張らないでください！　……こら、ローズも真似《まね》しない！」

楽しい笑い声を乗せ、車は青空のもと、疾走《しっそう》していく。

たった一つの出会いがもたらした奇跡。そんな夏が今、始まりを告げた。

了

Dragon Girls

あとがき

An afterword

「バナナワニ園」をなぜか「ワナナバニ園」と言ってしまう今日のこの頃。

スーパーダッシュ文庫ではお久しぶりです。城崎火也《きざきかや》です。


さて、この作品の主眼はズバリ、最強のヒロインです。

すっごく可愛《かわい》くて、皆から愛される女の子を書いてみたくなったのですよ。

一途《いちず》で天真爛漫《てんしんらんまん》な子がよいよね。

金髪に青い目って、やっぱり華やかで綺麗《きれい》だよね。

最強っていうと……ドラゴンかな。

——こう書くと簡単に決まったように（しかもアホっぽい……）思われそうですが、原型から数回の打ち合わせと計十数時間に及ぶブレインストーミングを経《へ》ております。ホントです。

初のラブコメということで、直球で行きました。むしろ「死球になれ！」くらいの勢いです。

主人公が「これでもか！」というほどヒロイン（ズ）に愛されています。一部、苛《いじ》められているように見える箇所もありますが、気のせいです。女の愛の形はいろいろ……ゴホゴホ。

続きが書けたら、主人公がもっともっと愛されまくる話になると思います。いやー、幸せ者だこと。竜司《りゅうじ》くんは。


最後に謝辞を。まずは担当さん。いつも前向きで優しくて頼りになる方です。打ち合わせ中に面白いアイディアがいくつも飛び出しました。ありがとうございました！

そして、イラストの亜方逸樹《あかたいつき》さんにもお礼を！ ローズ、最高です（笑）。

今回はキャララフから一緒に相談させていただいたのですが、プロの凄《すご》さを見せていただきました。「理想のイラストレーターさんに出会えるまで探し続ける！」と意気込んでいたのですが、まさか理想以上の方にお願いできるとは思いませんでした（笑）。


それでは、お手にとっていただきありがとうございました。

機会があれば、また！

二〇〇六年　十二月

城崎火也

ドラゴンクライシス!
真紅の少女
城崎火也

集英社スーパーダッシュ文庫

2007年1月30日　第1刷発行
2007年7月10日　第4刷発行
★定価はカバーに表示してあります

発行者
礒田憲治

発行所
株式会社 集英社
〒101−8050　東京都千代田区一ツ橋2−5−10
03(3239)5263(編集)
03(3230)6393(販売)・03(3230)6080(読者係)

印刷所
株式会社美松堂／中央精版印刷株式会社

ISBN978−4−08−630339−2 C0193

Printed in Japan

甦った鬼との死闘。
戦慄のラブ・アクション!!